ネメシス

VI

青崎有吾／松澤くれは

JN051478

講談社
タイガ

デザイン——坂野公一（welle design）

目次

ネメシス　Ⅵ

プロローグ

探偵・風真尚希《かざまなおき》はドーム型の天井を見上げた。古びたモザイクタイルをじっと眺《なが》める。気持ちが晴れるような空も、心が洗われるような海も、今は視界に入れたくない。

横浜港に面した山下公園──その西端にあるインド水塔。

平和な観光地にひっそりと佇《たたず》むモニュメントに寄りかかりながら、風真は社長の栗田一《くりたかず》秋《あき》とともに、再び連絡を寄越したジャーナリストの神田凪沙《かんだなぎさ》を待っていた。

ここに着いてから、ずっと栗田は黙ったまま。ハットを目深に被《かぶ》り、腕を組んで風真に背を向けている。とても雑談に応じる雰囲気ではない。

風真はひとり、回想する。

まさか、水帆《みずほ》の妹がこんな形で探偵事務所ネメシスと関わりを持ってくるとは……。彼女は二十年間、姉の死に縛られ続けたのだろう。

そしてそれは、俺たちも同じだ。すべては二十年前からはじまった。あの事件を解決しなければ、風真も栗田も、そして何よりアンナも前には進めない。

だからこそ、ネメシスはアンナの父、美神始《みかみはじめ》の行方《ゆくえ》を突き止める必要がある。前回のフェイクニュース事件でようやく摑《つか》みかけた手がかりを、見失うわけにはいかないのだ。

冷たい風が頰《ほお》を撫《な》でた。

振り返ると、凪沙の姿があった。

「初めは――」

彼女は挨拶《あいさつ》もなく話しはじめる。

「初めは、あなたのことも敵だと思っていた。だけど、あなたは必死に謎を解こうとした。あなたも私と同じ真相を求めているのかもしれない……そう思った」

そうして、最後の迷いを振り切るように言った。

「風真さんは、どうして探偵になったんですか？」

目には強い決意が宿っている。

「あなたは二十年前、私の姉、神田水帆の同僚だった。そうですよね？」

風真は答えない。それがそのまま答えになる。

パンドラの箱が開く。

確かな予感。わかっている。そのために俺たちはこれまでやってきた。

探偵事務所ネメシスを設立し、事件を解決し、過去に繋《つな》がる糸を手繰《たぐ》ってきた。

「あの事件の真相を探るために、あなたは――」

「ええ」

風真も覚悟をきめる。

「俺だって諦《あきら》めていない。すべてを明らかにするために、ネメシスがある」

真っすぐ向かい合った凪沙は、静かに瞳《ひとみ》を閉じてから、深く息をついた。

「信じます」彼女の目がもう一度開かれる。「ならば探偵事務所ネメシスに依頼します。多治見《たじみ》に金を渡して、事件を隠蔽《いんぺい》した人間を調査してください」

聞きながら、風真の鼓動は早くなる。

恵美佳《めぐみみか》という女性の不審死。その真相を報道した凪沙を、虚偽であると嘘をついて潰《つぶ》した動画配信者の多治見。彼を裏で操っていた人物に行き当たれば、すべてが結ばれるかもしれない。

だが、菅研《かんけん》の影を感じる。非常に危険だ。踏み込めば後には引けない。

「その依頼、引き受けてもいい。俺たちも調査するつもりだったしな」

栗田が沈黙を破った。

「ただひとつだけ条件がある。うちの助手に、二十年前の事件については喋《しゃべ》らないこと」

「どうして？」凪沙は顔をしかめて、「あの子に何か秘密が——」

しかし彼女は途中で言葉を切った。

「いえ、そうですね。今はまだ聞かないことにします」

約束は守りますと言って、凪沙は足早に立ち去った。

「あいつは勘がいいからな」栗田が神妙な顔つきで、「俺たちが隠し事をしていることに、いつ気づいてもおかしくない。あくまでフェイクニュース事件の裏を探っている形で動くんだ」

同感だった。気づけば彼女は、必ず首を突っ込んでくる。これまでの事件とはわけが違うのだ。アンナを守ることが何より優先すべきこと。

「そうだ風真。お前に、別の依頼を受ける権利をやる」

「別の依頼、ですか？」

「できるだけアンナの気持ちを、ほかの仕事で逸《そ》らしてほしいんだ。その間に、俺が多治見の裏を探っておく」

「——わかりました」

パンドラの箱が開く。

追い求めたのは、たったひとつの希望だ。

希望を手に入れる前に、数多《あまた》の絶望と、俺たちは向き合わなくてはいけない。

第一話　ショーマストゴーオン！

著：松澤くれは

「犯人がわかった⁉」

驚きのあまり、風真《かざま》は叫んだ。取り囲んだ人間たちの顔色も変わる。

落ち着け。わずかな発言でさえも、即座に視線を浴びてしまう。不必要な発言は混乱を生んでしまう。この空間にいる全員が、風真たちの一挙手一投足に注目しているのだ。

犯人の正体に、彼女は辿《たど》り着《つ》いたという。

「アンナ、俺はどうすればいい？」

装着した骨伝導イヤホンを使って、風真は小声で確認する。

『…………』

アンナの声が届かない。サーッというノイズがわずかに聴こえるばかり。

「おい、アンナ……！」

返事はない。さっきまで繋《つな》がっていたはず。最悪のタイミングで通信が途絶えてしまった。

たった今、風真は探偵として名乗りをあげたばかりだというのに！

「犯人がわかったって、本当なのか？」

風真がおろおろしているうちにも、話は進む。

「ええ、その通り。これが最後のチャンスです」

その言葉で、一同に安堵《あんど》が広がっていく。このひどい状況から解放されたくて仕方がないようだ。

確かに最後のチャンスだろう。この機を逃せば、すべては破綻《はたん》してしまう。

事件を解決して、物語に幕を下ろさなくてはいけない。

改めて風真は思う。

どうしてこんなことに……。

俺たちは、連続殺人に巻き込まれる——はずだった。もはや物語の行く末は誰にもわからない。張り詰めた静寂のなかで、全員が固唾《かたず》をのんで見守っている。

犯人がわかりましたと彼女は言った。

その声は確固たる自信に満ちていた。

ならば自分もそこに懸けるしかない。アンナに頼れなくなったとしても、風真は役目を全《まっと》うしなければならない。

立ち止まってなんかいられるものか。この場所に立っている者としての責任を果たす。

何が何でも、すべてを丸く収める。

千二百人みんなを納得させる解決に、辿り着いてみせる――!

1

探偵事務所ネメシスに依頼が持ち込まれたのは、五日前だった。

「脅迫状？」

聞き返しながら、ネメシスの探偵・風真尚希《なおき》の心は躍っていた。目の前の依頼主に悟られないよう、冷静な声のトーンを意識する。

「はい、これなんですが……」

細い銀フレームの眼鏡《めがね》の奥で、目玉が不安げに動いている。

男は尾松信二《おまつしんじ》と名乗った。職業は芸能マネージャー。短髪に紺色のスーツ姿は、普通のビジネスマンといった風貌《ふうぼう》だ。歳《とし》は四十前後だろうか。背が高いわりに腰が低いので、こぢんまりとした印象をうける。

最近やけに芸能界に縁があるなあと思いながら、風真は差し出された封筒の中身を確認した。

「舞台を降りろ。さもなければステージが血に染まる……か」

事件の匂《にお》いがプンプンする！

まさに探偵が請け負うべき案件！

風真の不謹慎な悦《よろこ》びも無理はない。難事件を次々と解決し、一躍脚光を浴びた探偵事務所ネメシスには数多くの相談事が寄せられるようになったが、ブームもいったん落ち着いたのか、最近は浮気調査ばかりが持ち込まれていた。探偵といえば浮気調査という世間一般のイメージにはうんざりする。

事件を望むわけではないが、せっかく社長の栗田一秋《くりたかずあき》から「依頼を受ける権利」を与えられたばかりなのだ。どうせなら名探偵と称賛されるような働きをしたい！

そう飢えていたところに脅迫状である。脅迫状といえば磯子《いそご》のドンファン事件以来。いやが上にも、探偵の血が騒ぐというもの。

「それで、狙《ねら》われているのは……」

言いながら、風真は封筒の宛名《あてな》を見た。

「羽村美幸《はねむらみゆき》。うちの女優です」

脅迫状の宛名と同じ名を、尾松が口にする。羽村美幸、二十三歳。最近ドラマや映画で活躍しはじめている若手女優だ。

テーブルに置かれた彼女のプロフィール用紙には、バストアップの宣材写真が貼られている。清楚《せいそ》系というのだろうか。垂れた目尻《めじり》とぽってりした唇《くちびる》を備えた丸顔。ミディアムロングの黒髪は毛先が緩《ゆる》くカールしており、えくぼのある微笑《ほほえ》みには愛嬌《あいきょう》が溢《あふ》れている。先日のフェイクニュース事件で会った久遠光莉《くおんひかり》に、負けず劣《おと》らずの美人女優だった。

「まもなく本番を迎える舞台で、羽村は初めて主演を務めます」

「ほう、すごい」

「ですが脅迫状の通り、もし羽村に何かあったらと思うと……」

言葉は途切れ、尾松がハンカチで額の汗を拭《ぬぐ》う。肌も青白い。切羽《せっぱ》詰まっているのは明らかだった。

「タレントを危険な目に遭わせるわけにはいきませんから、主催の製作会社に相談しました」

しかし、尾松の訴えは一笑に付されたという。

「どうせ悪ふざけでしょうと、まともに取り合ってくれません。もし出演を取りやめるなら違約金を請求するとまで言われる始末で……」

「それはひどい」

「先方のほうが立場は上ですから。『出演させてやってる』くらいに思われているんです」

悔《くや》しそうに、尾松が口元を歪《ゆが》ませる。

「警察に相談するのも困る、大ごとにするなと、釘《くぎ》を刺されました」

確かに脅迫状なんて物騒《ぶっそう》なもの、マスコミが知れば面白おかしく騒ぐだろう。様々な憶測が飛びかい、舞台にネガティブなイメージがついてしまう恐れもある。褒められたことではないが、興行主が及び腰になるのも理解はできる。

「警備を増やしてもらうのは？」

風真が提案するも、

「無理でした。余計な人件費をかけたくないそうで！」

尾松は早口でまくし立てる。随分とケチな会社のようだ。

「それに羽村本人が」眉間《みけん》に皺《しわ》を寄せて、「舞台は降板しない、絶対に出演すると言ってきかないのです」

「脅迫状が届いたことは、ご本人には？」

「見せましたが、せっかく摑《つか》んだ大舞台のチャンスを逃したくないと、頑として譲りません」

名指しで脅迫されても動じないとは、なかなか気の強い女性である。

「どうしたらいいのか……本番まで時間もないんです」

「いつからはじまるんですか？」

「五日後です」

「ギリギリですね！」

思わず声が大きくなる。成す術もなく、うちに駆け込んだわけか。

「私としても彼女の気持ちは尊重したい。お願いです、どうか羽村を守ってください！」

頼りない目で縋《すが》ってくる尾松を前に、風真は黙ったままソファーに座り直し、社長のデスクに横目でアイコンタクトを送った。

目で必死に「この依頼を受けたいです！」とアピールするも、我が上司はこっちを見ていない。老犬のマーロウを優雅に撫《な》でている。

失踪《しっそう》したアンナの父・美神始《みかみはじめ》の行方《ゆくえ》を捜すために設立された探偵事務所ネメシスは、関連が薄そうな仕事は極力受けないことになっている。いくら今回は風真が好きに依頼を受けていいとはいえ、決定権をもつ栗田に、体裁だけでも鶴《つる》の一声を頂きたいところ。

「どうかされましたか？」

不安げに尾松が覗《のぞ》き込《こ》んでくる。

「いえいえ」アイコンタクトを断念して会話をつなぐ。「ところで、どんな舞台なんですか？」

「それが、よりにもよって……」

尾松は口ごもり、一息おいてから答える。

「殺人事件を扱ったミステリ劇でして……」

「みっ、ミステリぃ～⁉」

ふいに甲高《かんだか》い声があがった。

部屋の隅《すみ》っこ。バランスボールから弾むように降りた美神アンナが、仁王立《におうだ》ちでこちらを睨《にら》みつけた。恐ろしい速度で尾松に近づいてきて、

「もしかして、『リアリティ・ステージ』ですか⁉」

「ええ、そうですけど」

「それを早く言ってくださいっ！」

「は、はあ……」

突如として割り込んできたアンナに、あっけに取られる依頼主。

「アンナ、知ってるのか？」

「超話題の人気舞台ですよ！　チケットは即日完売、私も取れませんでした」

「行くつもりだったのかよ」

「神奈川芸術劇場。すぐそこですから！」

近所に大きな劇場があるのは知っている。縁がないので入ったことはない。

「ミステリ劇ねえ」

風真は尾松に渡された資料から、カラー刷りの一枚を手に取った。雷鳴が轟《とどろ》く古い館《やかた》をバックに、六人の男女が真剣な面持ちで並び、『**舞台　リアリティ・ステージ**』とのタイトルが躍っている。チラシの裏面に書かれたあらすじはこうだ。

～ようこそ、売れっ子俳優の挑戦者諸君～

集められたのは、今を時めく人気俳優たち。絶海の孤島に建つ館で繰り広げられる、主催者不明・二泊三日のオーディション。合格すれば大舞台の主演に抜擢《ばってき》されるが、そこで出される演技の課題に応《こた》えられなかった者は殺されていく。参加者たちは犯人が誰かを推理しながら、オーディションを勝ち抜くことと、生き延びることを目指すのだが……。

俳優たちが本人のままステージに登場！

何が演技で、どこまでが嘘《うそ》なのか。新感覚リアリティ演劇、開幕――！

「探偵のくせに興味ないんですか？」

「俺は現実で起こる事件を解決したいんだ」

フィクションの世界に浸ってまで謎解きしている余裕はない。

「はい!」アンナが尾松に、「私たち、舞台の本番は観られますか⁉」

「ええと、はい、ご招待できるとは思いますが……」

「わーい、絶対観たーい!」

はしゃぐアンナの横で、風真自身も胸が高鳴っていく。

ミステリ劇の本番のさなかに、実際に凶行に及ばんとする者がいる。何とも大胆不敵な輩《やから》じゃないか。見事犯人を特定し、未然に犯行を食い止めたなら、まさしく俺は稀代《きたい》の名探偵!

「事情はよくわかりました」

厳《おごそ》かな声が響いた。その渋《しぶ》いバリトンの持ち主は、ゆったりとデスクから立ちあがる。

「社長、それじゃあ……」

「ご近所で起こりそうな事件を見過ごすわけにはいかん。うちの助手も興味があるみたいだしな」

「やったー!」

栗田はアンナの反応を窺《うかが》っていたようだ。気持ちを逸《そ》らすには、関心が高いほうが好都合である。

「その依頼――」

満を持して風真は言った。

「探偵事務所ネメシスがお引き受けします」

2

「……僕が殺したんだ。すべて、きみの推理通りさ」

息の詰まる長い沈黙を破ったのは、犯人による自供だった。

「最高のショーだっただろう?」

端正な顔立ちが、邪悪に歪んでいく。

「そんなことのために、ふたりを殺したの⁉」

真相を明らかにした羽村が、犯人に詰め寄った。声には怒りがにじんでいる。

「心外だな。きみのために用意したステージだったのに」

「え……?」

「殺されるかもしれないという恐怖心が、緊張感を高めさせた。気づかなかったのかい?ひとり殺されるごとに、きみの演技力は上がっていった」

「そんな……」

両手で口元を覆《おお》う羽村の肩を、生き残った先輩女優がそっと抱き寄せる。

「これがオーディション合宿だというのも、嘘だったのかね？」

同じく生き残った壮年の俳優が尋《たず》ねる。

「嘘なものか！」犯人は大仰に両手を広げて、「僕がやったのは殺人オーディション。芝居がうまければ殺されずに済んだものを……。名声が欲しいだけの大根役者どもが死んでいくのは、実に痛快だったよ！」

羽村が犯人を睨みつける。残酷な真実を受け入れられないといった様相だ。

「役者は板の上に命を懸けてこそ、最高の芝居ができるんだ！」

ふははは、あーはっはっは。血走った双眸《そうぼう》で高笑いをあげる犯人の男。甘いマスクがこうまで変貌《へんぼう》するものなのか。

「もう十分です」羽村が言った。「終わりにしましょう」

「そうだな」

憑《つ》きものが取れたような犯人の顔つき。

「僕は最高の芝居ができて満足だ。命を燃やした最期の大舞台……悔《く》いはない」

「待って！」

羽村が叫ぶ。しかし間に合わない。外に飛び出した犯人は、断崖絶壁《だんがいぜっぺき》の海へと飲み込まれた。打ちつける波の音だけが、虚《むな》しく響きわたる。

「こんなの、あんまりだよ……」

泣き崩れる羽村に寄り添う先輩女優。その傍《かたわ》らで、壮年の俳優も哀《かな》しい表情で立ち尽くす。

かくして、連続殺人の幕は下りた。絶海の孤島に建つ館で繰り広げられた悪夢の日々。二名の尊い命が奪われ、犯人は自死を遂げてしまった。

「役者にとって、ステージの上は一瞬の夢なのかもしれない」羽村が語りだす。「その儚《はかな》さに命を懸けられる者だけが、生きることを許された世界」

哀愁に満ちた音楽が、どこかから聞こえてくる。

「私は女優です」

羽村が涙を拭った。

「ショーマストゴーオン。舞台は続く。これからも私はステージの上で生きていきます」

力強い、それはフィナーレに相応《ふさわ》しいセリフだった。

皆が意味ありげに前方を向く。音楽が大きくなっていく。

その視線の先に、彼女たちは何を見ているのだろう――。

「はい、ありがとうございました！」

突然に割り込んできた演出家の声で、風真は現実に引き戻される。

「以上で通し稽古を終わります。お疲れさまでした」

「「お疲れさまでした！」」

スタジオ内の空気が緩まる。観ていただけの風真まで「ふう……」とため息をついた。

ここは劇場に併設された稽古スタジオ。風真とアンナは依頼を受けた翌日に、舞台『リアリティ・ステージ』の稽古見学に訪れた。

潜り込むのは容易《たやす》かった。尾松が「うちの事務所の新人たちです」と嘘をついたのだ。

風真は野暮ったいロイド眼鏡で変装し、ハザマナオキと名乗ったので素性がバレることはなかったが、プロデューサーを名乗る男がアンナを一目で気に入り、「千年に一度の逸材だ」「この子はいつデビューするんだ」と鼻息荒く詰め寄ってくるという珍事が発生。うまく尾松がはぐらかしたものの、胡散臭《うさんくさ》い男におだてられて「いやぁ、参りましたね」と鼻高々なアンナを横目に、風真は釈然としなかった。むきになって「俺も俳優の卵です！」とアピールしてみても、アンナほどに関心は持たれず……。

「いかがでしたか？」

見学者用のパイプ椅子《いす》に座った風真の前に、尾松がやってくる。「楽しんで頂けましたでしょうか？」

「それはもう。すごかったです！」

風真は、通し稽古の興奮を噛《か》みしめる。衣装を纏《まと》った俳優たちが、木材の仮組みとはいえ二階建ての舞台セットの上で、本番さながらのお芝居を熱演したばかり。風真はすっかり魅了された。

だが、隣に座ったアンナは唇を尖《とが》らせている。

「どうしたんだ？」

「うーん」アンナは首をかしげて、「物足りなかったです」

素直な感想に、尾松の表情が強張《こわば》る。

「はは、まだ稽古の段階ですからね」

濁《にご》すように言って、尾松は羽村のほうを見た。彼女は二ℓボトルの「お肌しっとり水」をガブ飲みしている。

「本番初日にご期待ください」

そう言って尾松は離れていった。何だか風真は気まずくなる。

「俺は面白かったけどね。どこが変だった？」

「全体的にぎこちなかった気がします」

「そうかあ？」

特に引っかかるところはなかったが……。

「っざけんなよ！」

突然、稽古場に怒号が響いた。

「セリフも嚙み合ってないし、テンポも悪い。こんな完成度で本番が迎えられるかよ！」

犯人役を演じた青年だった。名前は久我颯馬《くがそうま》といったか。人気イケメン俳優集団のリーダーで、勢いのある若手俳優らしいが、あからさまに苛立《いらだ》っている。

「まあまあ久我くん」

最年長のおじさん俳優、猪ヶ倉敏夫《いがくらとしお》がなだめるように言う。

「緊迫感が足りないのかもな。本当に人が殺されるんだっていう緊迫感」

風真もよく知るベテランだ。昔からドラマに出演している大柄《おおがら》なバイプレーヤー。

「猪ヶ倉さんの言う通りだ」久我は収まりがつかない様子で、「もっと個々のレベルを上げるべきだ！」

「しょうがないでしょ」

勇ましい顔立ちの女優が、諦《あきら》めたように笑った。「足を引っ張る人がいるんだもの」

皇月《こうづき》ルリ。演技派と称される、ミュージカル界出身の女優だ。都内に劇場を有する経営者でもあるらしい。

「ええ〜、皇月センパイ。それって愛衣花《あいか》に言ってますー？」

歌うような抑揚《よくよう》の甘ったるい声。かつて人気アイドルグループにいた愛原《あいはら》愛衣花が、「根拠なくディスるのやめてくれるー？」と挑発的に絡んでいく。

「愛原さん。あなたは舞台に立つ資格すらない」

ばっさりと切り捨てる先輩女優の皇月。

「はぁ？　どういうことー？」

「何回立ち位置を間違えたら気が済むの？　いい加減、憶《おぼ》えてくれないかしら？」

女優同士が火花を散らす。稽古場が殺気立っていく。

「皇月センパイ怖〜い。颯馬ぁ〜助けてぇ？」

猫なで声で久我の腕にまとわりつく愛原。

「お、おいちょっと……」

苛立っていた久我の顔が戸惑うようにほころんだ。

「ベタベタするな！」皇月は憤怒《ふんぬ》の形相で、「離れなさいっ！」

ヒステリックな声に物怖《ものお》じすることなく、愛原は舌を出して久我から離れる。

「てか愛衣花ー、立ち位置は場ミリで憶えるからー、本番では失敗しないもん」

「あなたのせいで蓄光が増えるのよ。暗転が明るくってしょうがないわ！」

「なあ、場ミリって何だ？」

風真は聞きなれない単語をアンナに尋ねた。

「ちっちゃいテープっす」

代わりに答えたのは、反対側の隣に座っていた女性だ。「役者が立つ位置の目印で、舞台セットの床面に貼っておくんすよ」

「へえー」

舞台スタッフなのだろう。小道具のグラスの内側に半透明のビニールを貼りながら、丁寧に教えてくれた。ショートボブの金髪が、小柄で幼い顔つきに似合っている。

「真っ暗闇《まくらやみ》でもわかるように、蓄光テープが使われる場合もあるっす」

なるほど。観客からは見えない工夫があるものだ。

「だいたいさー」

女優たちの口論は終わっていなかった。愛原が指をさして、「主演の人だって、がっつりセリフ飛ばしましたけどー？」

「ご、ごめんなさい」

頭を下げる羽村を見て、皇月も「覚悟が足りないのよ」と矛先を変える。彼女はどちらの女優も嫌っているらしい。

「皇月、愛原、もういいじゃないか」

猪ヶ倉が仲裁を図ると、すぐに両者ともそっぽを向いて黙った。

「各々の意見を交えるのは、演出家のダメ出しを聞いてからだ」

猪ヶ倉の取り成しで、長机の前に座った演出家・韮沢《にらさわ》つるぎに視線が集中する。

「韮沢さん」久我が詰め寄って、「僕らの芝居、どうでした⁉」

「か、考えをまとめたい。一度休憩を入れよう！」

あからさまに目が泳いでいた。血気盛んな俳優たちに演出家も手を焼いているようだ。

結局二十分の休憩時間になった。俳優たちは誰も出ていかない。互いに目を逸らして、険悪なオーラを放ち合う。

「ほらー。お芝居の出来がよくなかったんですよ」

アンナが風真を肘《ひじ》で小突いた。悔しいが、彼女の洞察力は一流だ。

「見る目あるっすねえ」

再び女性スタッフが話しかけてくる。「人間関係は演技に出ちゃいますから」と、イタズラっ子のように笑う。

「あなたは？」

風真が尋ねると、「佐々木陽菜《ささきひな》。演出部の下っ端《したっぱ》です」と頭を掻《か》いた。

「演出部！」アンナが興味をもったようで、「かっこいい響き！」

「いやいや雑用っすよ。あっでも、小道具なんかも作ってます」

「すごいじゃないですか」

風真は劇中に登場したナイフを思い出す。鈍《にぶ》い色味が重厚感を醸《かも》していた。

「若いんで、朝から晩まで会社にこき使われてますわー」

「ほかにスタッフはいないの？」

「これで全員っす」

佐々木のほかには、演出家にプロデューサー、音響と照明スタッフ、舞台監督がいるだけ。

公演規模を考えると、もう少し人員がいてもよさそうなものだが……。

「あはは、とことん経費削減されちゃってるんで」

佐々木の顔には疲労が見られた。濃いメイクの下にあるクマが隠せていない。

「黒瀬《くろせ》さん」

向こうで羽村が、俳優に声をかけた。黒瀬透《とおる》。劇中で一日目に殺される役なので印象が薄いものの、改めて見ると整った顔立ちをしている。小劇場界出身の叩《たた》き上《あ》げらしい。

「さっきのシーン、間違えてすみません。一回合わせて頂けますか？」

「おう、いいよ」

「ありがとうございます」

黒瀬と連れ立って、羽村は舞台セットの二階に上がる。

「熱心アピールうける～」

自主練をはじめたふたりを見て、愛原が茶化《ちゃか》した。皇月も「本番でやれなきゃ意味がないのに」とぼやく。まったく息の詰まる休憩時間だ……。

「皆さん、仲がよくないんですね」

アンナの呟《つぶや》きに、佐々木は「もう最悪っすよ」と笑った。

「まず、あそこにいる久我さん」

佐々木が久我颯馬に視線を投げる。背の高い塩顔のイケメン俳優は、仏頂面で腕を組んでいた。

「あの人は、羽村さんとデキてます」

「ええーっ！」

アンナの声に俳優たちから注目が集まる。皇月が咳払《せきばら》いした。

「部外者なんだから、静かに」

風真はぺこぺこと謝った。声を潜めて、佐々木が続ける。

「女の子のファンも多いのに、カノジョがいるのバレちゃって人気も落ち目なんですよねえ〜」

呆《あき》れたように語尾を伸ばす。

「カノジョって、本人から聞いたんですか？」

「前からネットでは有名っす」

何とも信憑《しんぴょう》性の薄い情報源だったが、「栗田さんが読んでた『フライデー』にも載ってました」とアンナが補足する。

「リサーチが足りてないですよ？」

「そんなのリサーチとは言わない」

探偵たるもの、ネットだの週刊誌だのを鵜呑《うの》みにするわけにはいかない。……社長のはただの趣味だ。

「だから久我さんは今回の舞台で返り咲こうと思ってるんすよ。空回っちゃってるけど」

なるほど。それで芝居の出来に苛立っているのか。

「で、あっちの愛衣花ちゃん」

次に佐々木が示したのは愛原愛衣花。ミスを責められていた彼女は、床に座ってメイク直しに勤《いそ》しんでいる。

「アイドル時代のほうが有名っすよね」佐々木は国民的アイドルグループの名前を挙げてから、「あの子は久我さんを狙ってるって、皇月さんが言ってました。だから羽村さんのことは大嫌いでしょうねー」

わかりやすい三角関係だ。若さゆえ、一方的に羽村を敵視している可能性もある。

「愛衣花ちゃん、半年前に皇月さんが主宰した舞台で久我さんと三人で共演してるんですけど、そこで皇月さんと超バトッちゃったぽくて……まあ舞台一本でやってきた皇月さん的には、元アイドルですって現場できゃぴきゃぴされたらムカつきますよねー」

先ほどの諍《いさか》いを見る限り、風真にもわかる気がした。

「女優として評価されたいって燃えてるらしいけど、ワガママだし大変っすよ。同じ事務所の先輩の、猪ヶ倉さんの言うことしか聞かないっす」

「ああ、だからさっきケンカをやめたのか」

風真は猪ヶ倉敏夫を見る。皆と少し離れたところで、スマホを操作していた。

「猪ヶ倉さんは、皇月さんとも古い付き合いっすからね。あの人がいるから何とかまとまってる感じで」

「さすがはベテランだなあ」

穏やかな物言いや、恰幅《かっぷく》のよさも相まって風格がある。彼は全員の調整役といったところか。

「でもあの人、結婚してるくせに浪費家で、借金エグいらしいっすよ」

佐々木が下世話な笑みを浮かべる。

一つの舞台であっても、現場に懸ける想いや出演理由は、それぞれ異なるようだ。

「お金といえば皇月さんも」息つく暇もなく解説が続く。「経営してる劇場がハイパー赤字で、建て直すためにも役者として頑張らなきゃって、そう言ってるわりには……」

佐々木が横目で皇月ルリを見る。難しい顔をした彼女は、自主練する羽村たちの様子を、ちらちらと窺っていた。

「主演の羽村さんを妬《ねた》みっぱなし。女優陣が気に入らないって喫煙所でボヤいてるのを盗み聞きしちゃいました。いやはや怖いっすねえー。あと黒瀬透は羽村さんに告白して玉砕済み。かっこわる〜！」

「ま、待ってくれ、すごくややこしい」

風真はポケットのメモ帳を取り出して、人物相関図を整理する。

『リアリティ・ステージ』役者相関図

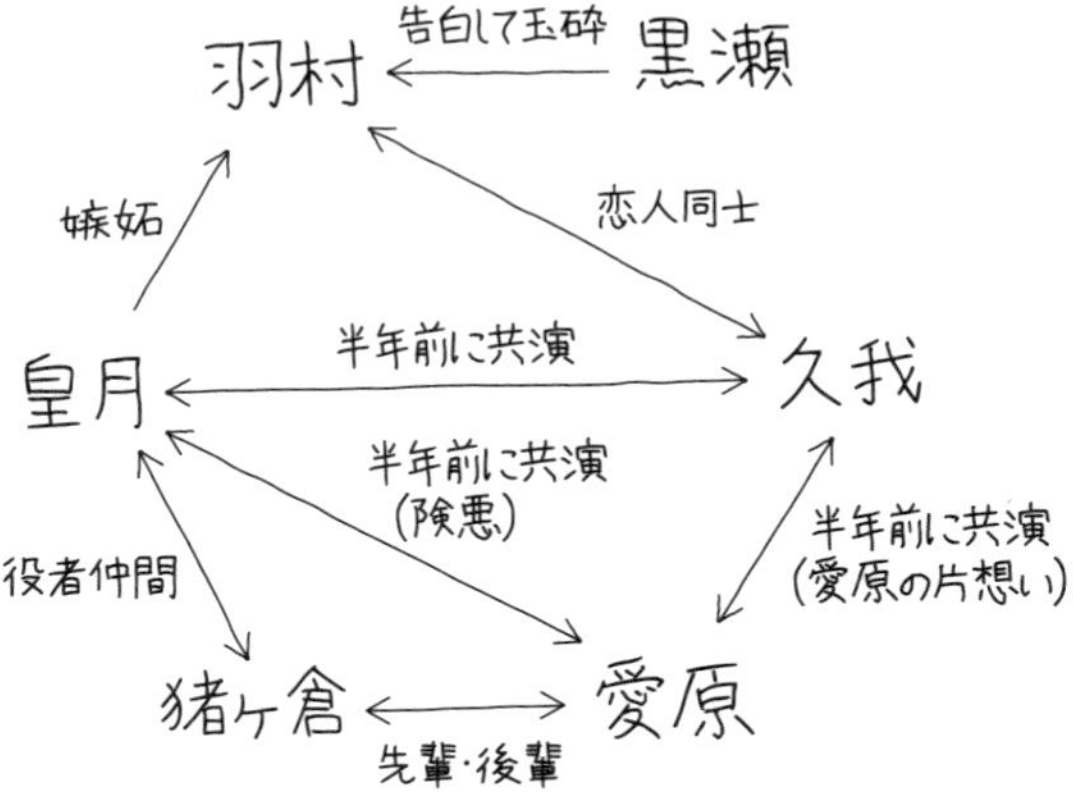

「な、生々しい……」

色恋沙汰《ざた》の多さに、アンナも苦笑する。

「あはは、役者なんてそんなもんっすよー」佐々木は笑って、「裏事情には詳しいんで、何でも訊《き》いてください！」

「華やかな世界のリアルな裏側、知りたくなかったなあ」

風真が独《ひと》り言《ご》ちると、佐々木は遠い目をして、

「夢を壊さないでほしいっすよねえ。アンサンブルの彼のほうがよっぽどプロっすよ」

メインの六人とは別に、もうひとり、ちょい役のキャストがいた。殺人シーンで観客に犯人が誰なのか悟られないように、実行犯は黒装束を纏った新人俳優が務めるのだが、彼は今も我関せずといった調子で、スタジオの隅で台本を読み返している。

風真は改めて俳優たちに目を向けた。不思議だ。人間関係の裏事情を知ると、まるで印象が異なって見える。

舞台『リアリティ・ステージ』は、俳優がそのままの名前で出演するというのが売りだ。謎のオーディション合宿に集められた俳優たちが、不合格者から殺されていく。殺されないために必死で演じるさまを、観客は臨場感をもって楽しむ。

リアルとフィクションの境界線が曖昧《あいまい》だからこそ、余計な裏事情はノイズになりえる。

誰が誰を好きだの、誰のことが嫌いだの、観客は知らないほうがいいのだろう。

しかし、風真らにとっては違う。これらは有益な情報だった。

複雑な人間関係には何かがある——探偵として、そう直感する。もしかしたら脅迫状を出した犯人が、このなかにいるかもしれない。

などと風真が思案を巡らせていると、

「きゃあーっ！」

悲鳴とともに、轟音《ごうおん》が響きわたった。

振り返ると舞台セットの上階が崩れて、床に黒瀬が突っ伏していた。二階部分を支えていた木材が折れて倒壊したのだと、ようやく理解が追いつく。

羽村の姿を探した。倒れている黒瀬と一緒に、上階で練習していたはず……！

「あそこ！」

アンナが指をさして立ちあがった。羽村は崩壊を免《まぬが》れた階段部分の手すりに摑まり、うずくまっている。

場は騒然となった。

「羽村！」

尾松が階段を上がって、羽村を抱え起こす。アンナと風真も後に続いた。

「大丈夫です、怪我《けが》はほとんど……」

外傷は見受けられず、出血もなさそうだ。

「それより黒瀬さんが……」

羽村が下を覗き込む。視線を追うと、黒瀬は俳優たちに囲まれていた。うめき声を押し殺した、その苦悶《くもん》の表情が痛々しい。

「落ちる前に、私を庇《かば》ってくれて……」

黒瀬は羽村の身体《からだ》を押して、階段に退避させたらしい。かろうじて彼女は落下を免れたわけだ。

「ひとまず下りましょう」

アンナが言った。羽村は尾松に肩を借りて、風真たちと連なって階段を下りる。

「どうなってるんです！」

尾松がプロデューサーに駆け寄って抗議するも、プロデューサーは何やら携帯電話で連絡をとっており、尾松を慇懃無礼《いんぎんぶれい》にあしらった。

「新しい角材、持ってこい！」舞台監督の男が叫んだ。「何やってんだ早くしろ！」

「はっ、はい！」

佐々木が慌てて飛んでいく。セットの立て直しに取り掛かるようだ。スタジオ内に充満するピリピリしたムード。救急車が呼ばれたようで、黒瀬はタンカで運ばれていった。

「とんでもないことになりましたね」

「ああ」

アンナの声は落ち着いていた。肝の冷える心地だった風真は、冷静さを取り戻す。

あくまでも自分たちは部外者。アクシデントが起きたからといって、むやみに騒ぎ立てる立場にはない。

ただし、これが脅迫者の手によるものなら、話は別だが……。

「どうすんだよ、時間もったいねえぞ」

久我がしびれを切らしたものの、稽古再開の目途は立たず、俳優たちは待機するほかなかった。

やがて尾松がプロデューサーと演出家を連れて、風真のもとにやってきた。

「プロデューサーの宇田川晋《うだがわすすむ》だ」

神妙な面持ちで、宇田川は続ける。「社の上層部と協議した結果、舞台は続行することになった」

先ほどの電話のことだろう。尾松も不承不承といった様子でうなずく。

宇田川は、ちらちらと風真を見ながら説明を続け、尾松に向かってこう言った。

「おたくの新人、代役でお借りできるか？」

「だ、代役ですか」

尾松が困り顔で風真を見る。

「え！　いや、俺は無理ですよ！」

新人どころか、脅迫状の調査に来た素人《しろうと》である。

「稽古場での代役です」今度は演出家の韮沢が食い下がった。「明日か明後日《あさって》か、黒瀬が復帰するまでの期間でいいんです」

「でも、もし戻ってこられなかったら……？」

「その場合は、きみに本番もやってもらう」宇田川が語気を強めた。「舞台に立てるわけだ。悪い話ではないだろう」

「チャンスだと思って、ここは一つ！」

韮沢も風真の手を握りしめる。

俳優の卵という設定にしたせいで、こんなことになるとは……。

やみくもに断るのは不自然だろう。いっそ探偵であると明かそうかとも思ったが、調査に支障をきたす事態は避けたい。

納得してもらえる辞退理由を考えていると、背中を強く押されて風真はつんのめった。

演出家の胸に飛びこんでしまう。

「おお！」「やってくれるか！」

韮沢と宇田川が揃《そろ》って破顔する。

「いっ、いやいやいや、俺は……！」

「ハザマナオキさん大抜擢ですねっ。頑張って！」

手を叩いてアンナがはやし立てる。押したのはお前か。

風真を見るその羨望《せんぼう》の眼差《まなざ》しは、演技なのか素なのかわからないほど真に迫っていた。


「お疲れさまでしたー」「明日もよろしくお願いしまーす」

二十二時過ぎに稽古は終わり、俳優たちが帰っていく。

「風真さん～、お疲れさま～」

白々《しらじら》しい声で後ろから両肩を揉《も》まれた。アンナだった。

「まさか、こんなことになるなんて……」

風真はどっと疲れに襲われる。身体が強張っていたのか、肩や首筋に痛みをおぼえた。

「いやはや、たいしたものです」

尾松が驚き顔で近づいてきた。「初めてとは思えない堂々たる演技でしたよ」

「意外と器用だよね、風真さんって」

珍しくアンナにも感心される。

「昔、エキストラのバイトをしてたことがあるからな」

職を転々としていた時期に、何本かの映画に出演したことがあった。通行人や聴衆など、その大半はセリフなしの「モブ」だったが、現場でいきなりセリフを追加されたり、アドリブで演技を求められたこともある。

「はあ～。本当に何でもやってますねえ」

「まあな」

アクシデントの後、一時間後に稽古は再開された。

代役になった風真に台本が手渡され、役の引き継ぎが行われた。「新人が入るのかよ」と久我は難色を示したものの、一度合わせてみるとスムーズに進行したため、俳優たちは風真を受け入れた。「なかなか筋がいい」と、演出家のお墨付きも頂いた次第である。

「こうなった以上は」風真は尾松に言う。「内部から探りを入れますよ」

明日は朝一から稽古だ。休憩時間に聞き込みを行うつもりでいる。

「何卒《なにとぞ》、よろしくお願いします」

羽村を連れて、尾松はスタジオを後にした。

「俺たちも今日のところは……」

振り返るとアンナがいない。舞台セットの裏側にまわって、何やら観察をはじめていた。

「どうしたんだ？」

追いかけて尋ねる。人が少なくなるのを待っていたのだろうか。

「風真さん、気にならないんですか？」

「何が？」

「さっきの事故ですよ」

「それは舞台監督から説明があったじゃないか。木材の劣化によるものだって」

二階部分の平台《ひらだい》を支えていた角材がひび割れ、負荷に耐えられずに折れてしまったのが、倒壊の原因だったらしい。セットの仮組みに使用する木材は、様々な現場で使いまわすため、経年劣化によって起こった事故だったと、舞台監督が謝罪を繰り返した。

「見てください」

アンナが両手に握っていたものを突き出した。折れた角材の残骸《ざんがい》が二本。

「それがどうしたんだ？」

「折れた部分。それぞれ半分ほど、垂直に切れ目が入っていました」

風真は息をのむ。あまりに切り口が滑《なめ》らかだった。

「誰かが、切り込みを入れていたのか」

「釘の打たれた位置からすると、切り込みはセットの裏側に向いていたことになります。前方から見てもわからないように、うまく細工を隠していた……」

細工という言葉を聞いて、風真の鼓動が早まる。

「時限装置だったのでしょう。台の上に役者さんが乗ってお芝居をしたときに、負荷がかかって折れるように仕組んだ」

「でも、通し稽古では壊れなかったじゃないか」

二時間にわたってセットは使用されたのに、罠《わな》が発動しなかったのはなぜなのか。

「二階エリアを使って演技するシーンは、そこまで多くありませんでした」

言われて風真は思い返す。確かに、広いスペースである一階部分がメインで使用されていた。二階が使われたのは、屋外など、いくつかの象徴的なシーンに限られる。

「舞台セットは頑丈に組むのが当たり前です。その上に立って、役者さんがガシガシ動くわけですからね。すぐに発動する仕掛けだと事故に見せかけられません。そこで、四本の角材のうち二本に切り込みを入れて、あとは折れるのを待ったのでしょう」

「なるほどな」

アクシデントが故意に仕組まれ、もしそれが、羽村を狙ったものだとすれば……。

公演関係者のなかに、脅迫状の犯人がいる可能性も強まる！

慌てて風真はあたりを見回すが、すでに俳優たちは帰路についていた。何という失態。

悠長に構えず、今日のうちに聞き込みをすべきだった。

その時、スタジオの扉が音を立てて開けられた。

「黒瀬さんの病院と連絡とれました！」

佐々木が、スマホを片手に戻ってきた。残っているのは風真とアンナのみで、責任者の宇田川すらも帰ってしまっている。

誰に告げるべきか迷ったであろう佐々木は、風真と目を合わせて言った。

「両足を骨折……全治、三ヵ月だそうです」

風真の舞台俳優デビューが決まった瞬間であった。

3

「諦めたほうがいいのでしょうか」

羽村はそう言って、赤と白の混じり合ったドリンクを一息にすすった。

たちまち麻辣担担《マーラータンタン》ミルクティーが空になる。

「おおー、イイ飲みっぷり。オカワリ持ってくるネ！」

リンリンのひょうきんな声が響いた。よくそんなもの飲めますね……とは突っ込めないほどに、羽村は塞《ふさ》ぎ込《こ》んでいた。なかなか会話の糸口が見つからない。

事故の翌日、稽古終わりに羽村をDR.ハオツーに連れてきた。風真は水しか頼んでいない。

「私が舞台に立てば、またひどいことが……」

途中から嗚咽《おえつ》が混じり、最後までは聞けなかった。黒瀬の降板がよほどショックなのだろう。

「美幸さん！」

アンナが身を乗り出して、「握手してくださいっ！」と手を伸ばした。

「えっ、はあ……」

羽村が顔をあげて、アンナの手をとった。充血した眼《め》でアンナを見る。

「今日のお芝居も、すっごく素敵でした！」

「あ、ありがとう」

あっけに取られる羽村に、満面の笑みで応えるアンナ。照れながら羽村も会釈《えしゃく》を返す。

「昨日の事故ですが――」

勢いに乗じて、風真は崩落の仕掛けについて解説した。

「ということは」またも羽村の表情が陰《かげ》る。「誰かが、わざと私を怪我させようと……」

「美幸さんひとりを狙ったものではないでしょう」

アンナが口を挟んだ。

「え……?」

「ですよね、風真さん?」

目線を向けられて、「そ、そうなんです!」と慌てて引き継ぐ。

「あの仕掛けでは、羽村さんだけを狙うのは不可能です。誰が犠牲になってもおかしくはなかった。だから脅迫状と関係があるとは限らないし、あなたに過失がないのだから、気に病むことはないと思います」

脅迫状と無関係とは考えにくいが、心理的な負担を和《やわ》らげたくて風真はそう説明した。

「でも、細工があったのは間違いないんですよね?」

「まあ……そうですね」

舞台の本番中に、羽村の命が狙われる危険が高まったのも事実である。

「しかし収穫もありました。容疑者が限定されたわけですから」

「私たちのなかに、犯人がいるってことですか？」

風真は頭を縦に振る。

スタジオは受付で名前を記入しなければ入退室ができない。よって外部からの侵入は考えにくく、公演関係者の犯行とみていいだろう。

だが、宇田川に確認したところ、スタジオは俳優が自主練で使うことも、スタッフが打ち合わせに使用することもあるという。どのタイミングで細工が施されたのかわからないため、犯人の特定には至っていない。

「はいどうぞー」

リンリンが麻辣担担ミルクティーを三杯持ってきた。

「サービスしておくネー」

風真の分まで置かれた。花椒《ホアジャオ》の香りと、チョコチップに見える挽《ひ》き肉《にく》が何とも言えない。

「ありがとうございます」

羽村がグラスを摑んで、またしても一息で空にする。

「……それ、お口に合いますか？」

引き気味に風真が尋ねると、羽村は頰《ほお》を赤らめた。

「失礼だな、風真さん。こんなに美味《おい》しいのに！」

ぎろっとアンナに睨まれる。

「不思議な味ですが……」羽村は恥ずかしそうに、「お芝居してると、どうしても喉《のど》が渇いちゃって」

膨大なエネルギーを費やすため、水分が必須《ひっす》だという。そういえばスタジオでも大量に水を飲んでいた。

「それだと舞台の本番中、大変じゃないですか？」

ステージの上で喉がカラカラになりそうだ。

「ええそうです。でも袖水《そでみず》――ステージからハケた裏にペットボトルを置けるので、補給はできるんです」

「それは知らなかった」

「ペットボトルの蓋《ふた》にマジックで名前を書いて、みんな並べてます」

「へえー、なるほど！」

風真は感心する。場ミリテープといい、舞台には様々な工夫がある。

「今回は出ずっぱりで給水ポイントが少ないから大変なんですけど」

クローズドサークルもののミステリ劇なので、ほとんど役者は退場できない。一日目と二日目の終わりの殺人シーンと、三日目の解決編がはじまる直前しかチャンスがないらしい。

「風真さん、ペットボトル蹴飛《けと》ばさないようにね」

「そんなドジなわけないだろ！」

ふたりを見ながら、羽村がくすっと笑った。少しずつ緊張が解けてきたようだ。

「ところで、脅迫状の件ですが――」

頃合いとみて風真は切り出す。

「些細《ささい》なことでも構いません。恨みを持たれるような心当たりがあれば教えてください」

羽村は黙った。瞳《ひとみ》に迷いが生まれる。

風真たちは根気強く待った。

「……あまり、人を疑いたくはありませんが」

やがてそう前置きして、「愛衣花ちゃんは私を嫌っていると思います」と言った。

「愛原さんですか」風真は踏み込んでみる。「それは、久我さんのことと関係が？」

羽村がはっとした表情になり、

「愛衣花ちゃんが久我さんをどう思っているかは知りませんが……でも私、久我さんとは円満に別れてます」

「えっ⁉」

「もう二年も前のことです。仕事現場でお会いしても、私は気まずくありません」

元恋人で破局したが仲は良好ということか。スタジオで作成した人物相関図は、当てにならないかもしれない。

「じゃあ、この写真はいったい？」

言いながら、風真は鞄《かばん》から「フライデー」を取り出す。栗田の机から失敬してきたものだ。当該のページを開くと、やや不鮮明ながらも、羽村と久我が身を寄せ合って歩く姿が写っていた。

「稽古の帰り道です」

羽村が指で写真のそばを突いた。そこには扇情的なフォントで「手を繋いで歩くふたり」と書かれている。

「これだって、手を繋いでいるわけじゃないのに……」

確かに、繋いだ手などは写っていない。そう見えるように巧妙な角度から撮られているだけ。まんまと風真も騙《だま》されていた。先日の久遠光莉のフェイク動画といい、芸能人はこんな目にばかり合っているのか……。

「久我さんと久しぶりに共演するので、狙われたんだと思います」

この報道のせいで羽村は、SNSでバッシングを受けるだけでなく、皇月からも白い目で見られているらしい。

「言われちゃいました。『あんな写真を撮られる時点でプロ失格』って」

「うーん、なるほどなあ……」

皇月の強情な態度を見る限り、誤解を解くのは難しそうだ。

「本当に、どうしてこんなことになったのか」

悔しさを吐《は》き出《だ》すように、羽村が言う。

「私はただ皆さんと一緒に、いいお芝居が作りたい。そう思ってるだけなのに……」

「できますよ！」

力いっぱい、アンナがテーブルを叩いた。

「お互いにまだ嚙み合ってないけど、舞台を成功させたいって気持ちは一緒なんです。どこかで必ず、みんなの心は一つになる！」

沈鬱《ちんうつ》な空気を吹き飛ばすようなエネルギーが、この小さなテーブルに渦巻いてくる。

アンナの言葉には、時おり不思議なパワーが宿る。探偵というのは理詰めがすべて。ロジックをもって謎を解き明かしていく存在なのに、彼女は根拠のないことを平気で口にする。それでいて、絶対的な説得力が感じられる。アンナのすごいところだ。

「お願いします！」

羽村が叫んだ。「私、この舞台はどうしてもやり遂げたい！」

アンナに感化されたのか、言葉には熱が宿っている。

「尾松さんのためにもステージの上で結果を出したい」

それから羽村は、マネージャーへの感謝の気持ちを語った。

彼女はオーディションに落ちてばかりで、女優として芽が出ずにくすぶっていた。そんな状況を打開したのが尾松であり、各方面に羽村を売り込んで仕事を取ってきた。

「ここまで来られたのは自分の実力じゃない。だからこそ、主演舞台を成功させて恩返しがしたいんです」

「いいですね、女優さんとマネージャーの絆《きずな》！」

アンナが羨《うらや》ましがるように言った。

「俺たちにもあるだろう、名探偵と助手の絆が」

「えーっ、あるかなあ？」

アンナがふざける。羽村が笑った。

「ご安心ください」

風真は羽村を真っすぐ見る。

「卑劣な脅しに屈するわけにはいかない。羽村さんには必ずステージに立って頂きます」

彼女の想いを無駄にしたくなかった。

「その通りです！」アンナが立ちあがり、「あなたを絶対に守ります……風真さんが！」

そう言われて、さらに風真の背筋は伸びた。

「なんたって、この人はステージにいますから！」

「そ、そうです。大船に乗ったつもりでいてください！」

「身代わりにでも何でも、風真さんを使ってね！」

アンナの勢いに合わせて、「途中で舞台を止めてでも身の安全を守ります！」と風真が調子づくと、

「だっ、ダメですっ！」

羽村は血相を変えて身を乗り出した。

「ダメ……？」

「ショーマストゴーオン。どんなことがあっても、私たちは絶対に舞台を止めてはいけない。それが俳優としてステージに立つ者の責任なんです」

羽村の燃えたぎる瞳を見ながら、その俳優には風真も含まれていると理解する。

「わかりました。約束します」

風真は宣言する。

「俺も必ず、最後まで舞台をやり切りますから！」

「ありがとうございます」

透き通るような、柔和な微笑み。さっきより肩に力が入っていない。

その様子に安堵をおぼえながらも、風真は改めて、気を引き締めた。

やってやる。彼女を守り抜いて、舞台も成功に導いてみせよう！

4

ドアノブに手をかける。いつもより扉が重たい。

時刻は二十三時をまわったところ。疲れ切った身体を引きずって、風真は探偵事務所に立ち寄った。

「最終稽古、お疲れさまでーすっ！」

元気な挨拶《あいさつ》が脳を揺さぶってくる。アンナは応接用のソファーで『リアリティ・ステージ』の台本を広げていた。

「よーう、大根役者。芝居はうまくいってるのか？」

デスクから覗く栗田の顔は笑っていた。

「やれるだけのことはやってますよ」

かけたままだった伊達《だて》眼鏡を外しながら応える。

「この前の三文芝居がまた観られそうだな、わはははっ」

フェイクニュース事件での、風真の演技のことを言っているのだろう。

風真は「絶対に観に来ないでください！」と釘を刺した。

「はいはいわかったよ。現場はお前らに任せたからな」

社長は週刊誌に目を戻す。アンナには内緒だが、いま栗田は、神田凪沙《かんだなぎさ》に依頼された件で動いているのだ。人を茶化している暇はない。

「さて」

気持ちを切り替えて、アンナの向かいに腰を下ろす。

三日間とはいえ、終日の舞台稽古には集中を要した。心身の疲労はピークに達している。早く自宅に帰ってシャワーを浴びて、泥のように眠りたい。

「ミーティングをはじめようか」

だが、まだやるべきことが残っている。探偵としての本分を疎《おろそ》かにしてはいけない。

「皆さんとは」アンナが尋ねる。「仲良くなれましたか？」

「まあ、それなりには」

「さすが〜、人当たりの良い探偵ランキング第一位の風真さん！」

「どこ調べなんだよ」

人当たりの良い探偵がそれほど多いとも思えない。

「誰とでも仲良くなれるのは風真さんの長所ですよ。いざという時、きっと共演者の皆さんが力になってくれます！」

「険悪なムードには変わりないけどな」

人間関係は改善されていない。愛原は相変わらず立ち位置を間違えては顰蹙《ひんしゅく》を買い、皇月が女優ふたりに棘《とげ》のある言葉を吐く。久我は終始苛立っており、そんな空気に対して羽村が委縮している。

風真は猪ヶ倉とともに、現場の雰囲気を和ませようと試みた。おかげで表立っての口論は減ったものの、稽古中も休憩中も、互いに牽制《けんせい》するようなトゲトゲしさが漂っており、風真にとって心労の種だった。

「というか風真さん、どうしたの？」

「え？」

「胸のあたり」

無意識に、風真は胸をさすっていた。

「まさか怪我？」

「ああ、ちょっとね……」

それは本日の通し稽古で起こった。

劇中一日目の殺人シーン。ベッドで寝ている風真に、黒装束のアンサンブルキャストがナイフを突き立てるという段取りなのだが、彼はまだ経験の浅い新人俳優である。演技に熱中するあまり、振り下ろされた小道具のナイフは寸止めされず、風真の胸部を強打した。

「あはは、本当に殺されかけたんですね」

「笑いごとじゃない」

「熱のこもった芝居。いいことじゃん！」

うんうんとアンナがうなずく。

風真にしてみればたまったものではない。作り物のナイフに殺傷能力がないとはいえ、赤い痣《あざ》ができてしまった。一晩経《た》てば痛みも引くだろうが……。

「なんで俺が役者なんてやってるんだ……」

何度繰り返したかわからない愚痴《ぐち》をこぼす。

「ラッキーだったんですよ、風真さんが抜擢されて」

「はあ？」

「ステージで何かあっても、私たち部外者は、すぐには手を出せませんから」

言われて風真は考える。探偵として舞台袖で控《ひか》えていても、おいそれとステージには上がれない。役者として最初から立っていたほうが動きやすいのは確かだった。

「風真さんは舞台上で美幸さんを守る。私は客席から不審な点がないかを見張る。完璧《かんぺき》なフォーメーションです」

「だから代役の話が出たときに背中を押したのか」

「当たり前じゃないですか！」

けらけらとアンナが笑う。アクシデントを逆手《さかて》にとって、警護体制を強化したわけだ。

「今日の稽古は、何か怪しい動きがありましたか？」

「うーん、特には……」

舞台セットの崩落のような目立ったアクシデントは起こっていない。いよいよ犯人は、舞台本番に的を絞っているのかもしれない。

「犯行を防ぐためにも、ある程度の予測を立てる必要があるな」

多くの観客が観ているなか、どうやって羽村に危害を加えるつもりなのか。

「どんな方法が考えられますか?」

「脅迫状には『ステージが血に染まる』って書いてあったな」風真は指を折りながら、「舞台のどこかに爆弾を仕掛ける、ベタだけど天井から照明機材を落とす、あとは暗転に紛《まぎ》れての犯行とか……」

「ふむふむ」

「客席から、銃で狙撃《そげき》されるかもしれない!」

「それはバレますって」

ふざけたわけではないが、一笑にふされた。

「ステージにいる人間に直接手を下す。それが可能なのは……」

「共演者だろうな」

風真はバッグから台本を取り出して、表紙をめくる。

羽村美幸、久我颯馬、愛原愛衣花、皇月ルリ、猪ヶ倉敏夫、黒瀬透。

配役表に並ぶ名前を見ながら考える。羽村と、降板した黒瀬を除いた四人。特に怪しいのは、羽村を恋のライバルと思い込んでいる愛原、主演の座に嫉妬《しっと》する皇月のふたり。

久我も腹のうちはわからない。未練がましく、彼女をつけ狙っている可能性だって考えられる。猪ヶ倉は気の優しいベテラン俳優だが、そうかと言って容疑者リストから外すのは危険だ。人畜無害そうな人間こそ要注意——風真が過去の事件から学んだことだ。

「決定的な証拠がない以上は、全員が怪しいな」

いくら動機を考えても発展性はない。現時点では平等にマークすべきである。

「本番中の彼らの動きには十分注意したいところですね」

「とはいえ、俺もずっと出ているわけじゃないからなあ」

風真の役は第一の被害者だ。開演から三十分ほどで退場してしまう。その後はカーテンコールまで、舞台に上がるチャンスがない。

「役者が本番中に共演者を手にかけるかねえ」栗田が横槍《よこやり》を入れてくる。「そんなことしたら、即逮捕だぞ?」

「掴み合いの演技を装って、絞め殺す!」

「だったら匿名で脅迫状なんて送ってこないだろ」

「ううむ」

痛いところを突かれる。殺意があったと立証されそうな犯行予告にメリットはない。絞殺だと血は出ないし……。

「あるいは」アンナが挙手して、「事故に見せかける」

「事故ねえ」

黒瀬の悲痛な姿が頭をよぎる。

「事故に見せかけるとしても、羽村さんだけを狙うのは難しくないか？」

「そうなんですよ！」アンナは指を鳴らして、「舞台セットが崩れたとき、怪我をしたのは黒瀬さんだったわけですから」

脅迫者が羽村を狙った末に失敗したとすれば、今度はもっと確実性の高い方法を選ぶだろうが、彼女ひとりをピンポイントで狙える罠なんて存在するのか？

「考えてみれば不可解だな。なぜ犯人は、あんな成功確率の低いものを、それも舞台本番ではなく稽古で仕掛けたのか。あれは脅迫状とは無関係で、また別の人間の仕業なのか？」

「いえ、同一犯とみるのが自然だとは思いますが……」

「だよなあ」

「もしかして犯人には、何か別の狙いがあるのかも」

アンナが呟く。別の狙い……血を流すのは黒瀬でもよかったということか？

しかし舞台を降りろと脅されたのは羽村に他ならない。犯人の思惑がわからなくなってきた。

「とにかく」心に留めて風真は先に進める。「犯人が意図的に事故を起こすなら、その前に仕掛けを見つけたい。ステージの上、照明の吊《つ》ってある天井、舞台裏に客席まで、隈《くま》なく確認してまわろう」

「広いですからねえ。見落としがないとも限りません」

「じゃあどうする？」

「簡単ですよ」ぽんとアンナは手を叩いて、「風真さんは、事件が起きてから動けばいい」

「は？」

「犯人が特定できないなら、実行に移させるんです」

風真は押し黙ってしまう。

「これまでの事件を思い出してください。今までは、犯行が起きてから解決してきました。だけど今回は違います。まだ事件が起こっていない、手がかりが少なくて当然です」

言われてみればそうだ。探偵とは基本的に、事件発生後に捜査をはじめるもの。

「事件がどうやって引き起こされるのかわからない。でもその代わり、わかっていることがあります」

「いつ、事件が起こるのか」

「ご名答」

犯行は上演中に行われる——犯人が脅迫状通りに行動を起こせば、の話ですが。そうアンナは付け加えた。

理には適《かな》っている……。

「だけどそれじゃあ……」

風真は言い淀《よど》む。それはみすみす、羽村を危険に晒《さら》すことと同義だ。

「だからこそ、ですよ！」

風真の心のうちを読んだかのように、アンナが言う。

「絶対に、何が何でも、風真さんが守るんです！」

何という力強い瞳――まるで未来を見通せるような、確かな自信がみなぎっている。

「そうか、そうだよな」

羽村を守って犯人を捕まえる。それができるのが探偵事務所ネメシスであり、名探偵・風真尚希なのだと腹を括《くく》る。

「さらに、考えるべき点があります」

「何だ？」

「そもそも犯人は、どうして舞台の本番を狙うのでしょう？」

それは風真も散々考えたことだった。観客という目撃者がいるなかで犯行に及ぶのは、あまりにリスクが大きい。

「やっぱりただのイタズラで、何も起きないのか?」

羽村が脅しに屈して降板するものと、犯人は見くびっていたのかもしれない。

「こうも考えられます。犯人にとっては、本番中のほうが都合がいい」

「リスクを取るのには理由がある。そういうことか?」

「ええ」

劇場だからこそ仕掛けられるトリックがあるのか、はたまた、犯人がステージという場所で事件を起こしたいのか。可能性はいくらでも考えられる。

「なかなか絞り切れないな……」

風真は唸《うな》るように言った。やはり現時点で手に入れた情報だけでは、判断材料が少なすぎる。犯人の特定どころか、犯行方法や動機すらも不明瞭《ふめいりょう》で、容疑者の範囲も定められない。

「絞り切らなくていいんですよ。あらゆる可能性を検証するのが探偵なんですから!」

アンナは視線を落としたまま言った。手に持った台本をじっと睨んでいる。台本にはカラフルな付箋《ふせん》がいくつも貼られ、細やかな文字で書き込みも見受けられた。

「何してるんだ?」

まさか、自分も出演するなんて言い出すんじゃないだろうな。気になって風真は尋ねる

も、

「ストーリーがどうなっていくのか……その可能性を考えてます」

という、よくわからない返答だった。

「どうなっていくかって、そこに書いてある通りだろう」

物語とは、あらかじめ決められたもの。台本に記されたセリフとト書きによって進行する。

「私には」アンナが顔をあげた。「もう一つ、解決したいことがあるんです」

「もう一つ？」

不思議がる風真をよそに、アンナはソファーの上で座禅を組む。台本を手にしたまま、何やらブツブツと呟きはじめた。

セリフのようだが聞き取れない。まるで、次の一手を読んでいる棋士のような佇《たたず》まい。

かつての事件で出会った中村勇気《なかむらゆうき》三冠を彷彿《ほうふつ》とさせる集中力。

机の端《はし》に転がる骨伝導イヤホンが目に留まった。イヤホンは二セットある。風真の分は自分で持っているから、スペアだろうか。

「ふふっ。本番が楽しみ」

目を瞑《つぶ》ったまま、アンナが不敵に微笑む。

風真は思った。彼女は、すでに勝ち筋が見えているのではないかと——。

5

けたたましいベルが鳴り響く。

一ベルと呼ばれる、開演五分前を告げる音。その古めかしい大音量のブザーは、風真の心拍数を急上昇させた。

いよいよ幕が上がる。

舞台『リアリティ・ステージ』本番初日の夜。

風真はステージ横の舞台袖で、薄暗がりに身を潜めている。

すぐそばには、羽村や久我なども待機しているが、お互いに黙ったまま。次に会話を交わすのは舞台の上になるだろう。

指先の震えが止まらない。変装眼鏡を忘れていないか確認する。

風真は心のなかで、セリフを何度も繰り返した。丸暗記した言葉たちが、するりと脳の記憶域から抜けていくような不安に駆られる。

経験したことのない緊張が膨《ふく》れあがっていた。探偵として数多《あまた》の修羅場をくぐり抜けた風真でも、ステージに立って演技をするなんて初めてだ。千二百人の観客の前で失敗は許されない。

こうなったからには舞台をやり遂げてみせる。

みなぎる想いが、余計に風真を焦らせていく。


犯人の目星は、いまだについていない。

リハーサル中に隙《すき》を見て楽屋の荷物チェックをしたが危険物の類《たぐい》は確認できなかった。

開演を前に、現場はバタバタだった。スケジュールは押しに押して、ゲネプロが終わった時点で開場まで一時間を切っており、休憩するまもなく俳優たちが楽屋で本番準備に追われるなか、風真は可能な限り捜査を続けたものの、劇場ロビーや通路にも疑わしいものは見当たらない。

ステージも調べた。天井を見上げると、夥《おびただ》しい数の照明灯体が吊られている。落下すれば事故は免れないが、照明スタッフに話を聞いたところ「安全装置があるから絶対に落ちてこない」と嫌な顔をされて、スタッフは客席最後列のＰＡブースに戻っていった。ブースにいるスタッフたちが、ステージをうろつく風真に目を光らせる。不審に思われた節がある……。

それでも未練がましく、舞台セットに危険はないか点検していると、鳴っていた掃除機の音が止まった。

「何してるんすか？」

上から声が降ってくる。演出部の佐々木陽菜にも、怪しげな視線を送られてしまう。

「いやまあ、ちょっと確認をね……」

咄嗟《とっさ》に誤魔化すと、「さては緊張してるんですね～？」と駆け下りてきた。

「不安ですよね、初舞台！」

風真はうなずく。そういうことにしておこう。

「ギリギリまで、ステージ使って練習していいっすよ」

「ありがとう」

「稽古でやったことを信じれば大丈夫。ファイトっす！」

舞台袖から「おい佐々木、早くしろ！」と舞台監督に怒鳴《どな》られて、慌てて走り去っていく。

年下の女の子に勇気づけられてしまった。焦りが顔に出てしまっていたようだ。探偵の自分がこんな調子ではいけないと思いながら裏手に引き返すと、楽屋前ではアンナが、羽村と尾松と立ち話に興じていた。

今のところ危険は認められないと、風真は報告する。

尾松は安堵の表情を見せ、羽村も「ありがとうございます」と深く頭を下げたが、その声は強張っていた。

不安が拭えないのも無理はない。本番中に命が狙われるかもしれないのだから。

「安心してステージに立ってください」

アンナは気持ちよく言い切った。

「困ったときは、私が助けますから!」

自信満々なアンナを前に、そうは言っても実際に助けるのは俺じゃないかと、風真は内心でぼやく。

スタンバイの時間だ。羽村を先に舞台袖へと送り出し、尾松も客席サイドに向かった。

犯行は行われないのか、本番中に決行されるのか。

それを知るのは脅迫状の送り主だけ……。

「幕が上がれば、私たちの反撃開始です」

落ち着きはらった様子でアンナが言う。

「反撃?」

「頼れるのは、風真さんだけですよ?」

意味深な視線を投げかけて、アンナも客席へと消えていった。

再びベルが鳴る。二ベル。開演の合図。

風真は深く息を吸う。気持ちを整える。

ベルが鳴りやむと、客席が静まり返る。

そばに置かれた長机にナイフを見つけてぎょっとするが、ただの小道具であった。

劇中で風真が刺される、光沢のない作り物。痣の痛みを思い出して冷静さを取り戻す。

あの元気な新人俳優が再び殴打してこないことを祈った。

『風真さん』

アンナの声が耳元に届く。

「どうした?」

小声で応答する風真。装着した骨伝導イヤホンは、風真にとって頼みの綱だ。口を動かすだけで伝達できる秘密道具のおかげで、客席にいながら、アンナは風真にメッセージを送ることができる。場内に不審人物を見かけるか、ステージで不穏なことが起これば連絡をもらう手筈《てはず》だが、なぜ開演前に……?

もう何か、動きがあったのだろうか。

『よく聞いてください』

固唾をのみながら颯真は次の言葉を待つ。

『犯人の標的は、美幸さんではありません』

予期せぬ報告に頭が真っ白になる。言っている意味がわからない。

「それじゃあ、いったい誰が……？」

声の震えを抑えながらアンナに尋ねる。

『最初に命を狙われるのは――颯真さんです』

「……はい？」

6

舞台は順調に進んだ。

絶海の孤島。そこに建つ館に集められたのは、主催者不明のオーディションの招待状を受け取った、六人の俳優たち。

「羽村美幸です。まだ役者として未熟ですが、初めての主演を目指して頑張ります！」

「久我颯馬。正直に言うけど今ちょっと落ち目でさ、絶対受かって返り咲くんでよろしく」

「皇月ルリと申します。アタシも彼と同じ。女優として初心に返り、チャンスをものにするため参りました」

「愛原愛衣花、十八歳、猪ヶ倉さんの事務所の後輩でぇす。颯馬お久しぶり〜、皇月センパイ今回もお手柔らかにぃ。アイドル卒業したんで女優一本で天下取りまーす！」

「猪ヶ倉敏夫だ。愛原が世話になる。皇月とは古い付き合いだが、あとは初めてだな。若い世代と芝居がしたくて参加を決めた。ギャラも高額だと書いてあったしな、はは」

自己紹介で語られるのは台本上のセリフだが、現実世界に寄せてある。観客はリアリティを感じて没入していくだろう。

「ハザマナオキ、えっと……俳優の卵です。よろしくお願いします」

久我に「卵って歳かあ？」といじられる。もちろんセリフである。

観客が妙な反応をした気配はなかった。探偵として少しは顔が売れた風真だが、芸名と眼鏡のおかげで正体は隠せている。

「はじめましょう」

皇月が客席に向かって言った。その方向に審査カメラがあるという設定だ。

六人が動き出し、ステージの上をぐるぐると歩きまわる。一日目のオーディション課題はシアターゲーム「ウインクキラー」。くじ引きで鬼をひとり決め、全員でランダムに動き回るなかで、鬼にこっそりウインクされた人は五秒後に倒れる。二人になるまで鬼が残ればゲームオーバーで鬼の勝ち、その前に鬼が誰なのかを参加者で当てるというルールだ。

すれ違いざまに、鬼役の羽村が風真に向かって片目を瞑る。

「うぐっ……！」

呻《うめ》きながら風真が倒れる。手筈通りとはいえ、至近距離でのウインクに心臓が脈打った。

観客も、鬼が誰なのか推理しながら観ていることだろう。物語に参加させることで惹《ひ》き込《こ》んでいく演出は見事なものだ。

羽村が見つかることなく四人を殺してゲームセット。鬼を変えながら三ゲーム行った。

「ハザマが最下位か。きみは随分と下手くそだなあ」

久我が軽口を叩いてくる。

「あー楽しかった！」

愛原が言うと、「こんなので演技の良《よ》し悪《あ》しがわかるのかしら」と皇月も笑って応える。レクリエーションの雰囲気でメンバーは和気あいあい。しかし今宵《こよい》、風真は殺されてしまう……というシナリオが待ち受ける。

「きゃっ！」

ふいに轟く雷鳴に、女性陣から悲鳴があがった。窓の外を覗いた猪ヶ倉が「今夜はひどい嵐《あらし》になりそうだ」と呟く。我々は外界から隔絶《かくぜつ》された。

大型スピーカーが生み出す地響きが、足元を揺さぶる。まるで本当に暴風雨に襲われたかのような臨場感。稽古とはまったく違う、これが舞台の本番か。

まもなく連続殺人の幕開けだ。アクシデントは今のところない。風真も稽古通りの演技ができている。羽村の身が危険に晒される瞬間もなかった。

それでも風真は脂汗が止まらない。

最初に命を狙われるのは、俺だって？

どういうことだ。風真は第一の被害者だが、あくまで台本上のお話にすぎない。アンナからそれ以上の説明はなく、風真も深く考える余裕はなかった。出番が終わるまでは演技に集中しなければ……。

「それじゃあ、また明日」

羽村のセリフで、物語上の一日が終わる。登場人物たちは散っていき、ステージは薄暗いブルーの照明に染まった。

舞台転換でステージ中央にベッドが現れ、風真は寝そべる。

島の断崖に波の打ちつける効果音。目を閉じると情景がありありと浮かんできた。

おどろおどろしい音楽が流れはじめる。やがて近づく足音……犯人役のアンサンブルキャストだ。もうすぐ風真はナイフを突き立てられて死ぬ。出番は終わる。

過ぎてみれば早いものだ。どうせなら板の上で探偵役を演じてみたかったと、雑念が頭をよぎった。

『今です』

アンナの声に、危うく跳ね起きそうになる。

動いてはいけない。上手に殺されなくては。

『何してるんですか、本当に殺されちゃいますよ？』

「なっ、どういうことだ!?」

『抵抗してください！』

うっすら目を開けると、黒装束の新人俳優がベッド脇《わき》に立っていた。出演者で最も背が高いので威圧感がある。

過剰に息が荒い。緊張しているのか、演技とは思えないほどに目が据わっている。大仰な動きでナイフを振りかぶった。薄明りのなかで刃が煌《きら》めく。

やばい。風真は本能的に危険を察知する。

こいつは絶対、ナイフを寸止めできない！

「ぐっ……！」

風真は上体を起こす。作り物とはいえ痛いのは勘弁してほしい。振り下ろされた腕を両手で押さえ込む。

「えっ？」

新人が身を縮こまらせる。互いの動きが止まった。

永遠にも感じられる一瞬から先に抜け出したのは風真だった。睨みつけて相手が怯《ひる》んだ隙をつき、小道具のナイフをもぎ取る。ずっしりと重たい。思わずナイフを落としてしまう。

呼吸が止まりかけた。ナイフは足元の床に刺さっていた。

まさか、本物――？

わけがわからないまま、風真はナイフを引っこ抜き、新人に向けて突き出した。指先の震えを抑えようと柄《え》をぎゅっと握りこむ。

硬直するふたり。風真は犯人と対峙《たいじ》しながら言葉を探した。どうすればいい。もとよりセリフは存在しない。戸惑いを見せる新人相手に、この場を収束させる手立てを探っていると、新人は慌てたそぶりで舞台袖に引き返していった。

「あ、待て！」

風真はひとり取り残される。息を整えつつ、客席のほうを見やった。

観客が観ていた。言葉も聞かれていた。

事の重大さに打ちひしがれて立ち尽くす。目を瞑って、夢なら覚めてくれと祈った。

これは稽古じゃない。やり直しはきかない。なんてことをしてしまったんだ……。

たった今、物語は異なるルートに舵《かじ》をきった。

＊

天井に並ぶ灯体から、明かりが降り注ぐ。

風真はゆっくりと目を開ける。ベッドの縁《ふち》に腰かけて背中を丸めた。

翌日へと場面は切り替わり、登場人物たちが集まってくる。風真を取り囲むように立ち止まる。

寝室で、風真の死体が発見されたというシーン。

「……なんで、生きてるんだ？」

ぼそっと久我が呟いた。この状況に耐え切れなかったようだ。観客には聞こえていないだろう。

本来であれば、風真の死体が発見されたことで、「オーディションの不合格者が毎夜ひとり殺害される」ことが明らかになり、誰が主催者、すなわち犯人なのかを疑いはじめて一同がパニックに陥《おちい》っていくはずだった。

連続殺人の幕は、切って落とされ——なかった。

風真は生きている。フィクションのなかで、それが事実として観客に提示される。

誰もしゃべらない。重たい沈黙を埋めるように雨音が響く。久我に限らず、ほかの共演者も動揺しているに違いない。

これは、どうすればいいのだろう……？

「ハザマさん」羽村が口を開いた。「随分と顔色が悪いですが、何かあったんですか？」

それは台本にないセリフだった。

「さ、昨夜は危なかったよ」

風真は言葉を返す。咄嗟に出たアドリブだ。

「殺され……かけたんだから」

たどたどしくも、勝手にセリフを作り出す。無理やりにでも会話をつなぐしかない。

「殺されかけたって、いったい誰に？」

「それは、ええと……」

風真は考える。あの新人俳優に刺されかけたのだから、ここで彼を告発することもできる。しかし彼は本当に犯人だろうか。犯行に及んだ時点で逃げ道はない。第一、俺を殺す理由がどこにある？

しかも、あの黒シルエットの役は舞台上の演出で、記号的な存在なのだ。実在しない人間について言及すれば、物語の世界を壊しかねない。

「…………」

もう行き詰まった。何もセリフが浮かんでこない。

時間稼ぎでも何でもいい、とにかく言葉を続けなければ！

「…………」

共演者たちも話さない。下手なことは言えないといった、牽制の空気。

劇場に不思議な時間が流れはじめる。観客は「誰かがセリフを忘れたのでは？」と思っているかもしれない。

「こっ、これを見てくれ！」

風真は握っていたナイフを掲げた。

即興劇を続けるにしても、自分が殺されかけたことは俳優たちに伝えておきたかった。

「館のキッチンにあったものだね」

猪ヶ倉も乗ってくる。ベテランの即応力に感謝しながら、風真は着ていたシャツの裾《すそ》にナイフを当てて動かす。衣装の布地が軽やかに裂けていった。

「この通り、ナイフが本物だったんです」

「そんな……！」

羽村が唇を震わせて言った。どうやら察してくれたようだ。

「んん〜？　そんなのあったっけ？」

愛原が首をかしげる。アドリブというより「こんなシーンあったっけ？」と確認するような言い方。

ダメだ、この子はわかっていない。

「本物って、当たり前でしょ？」皇月も眉《まゆ》をひそめて、「だってキッチンにあるナイフなんだから」

「いや、そうじゃないんだ。俺を本当に殺そうとした犯人がいて……」

小道具ではなく本物のナイフが使われたと言いかけて、風真は口ごもる。

ナイフが小道具だと認めてしまえば、この世界は嘘になってしまう。我々、登場人物が生きているのは、あくまで「物語のなかでの現実」でなくてはならない。

風真は頭を抱える。言葉を選んだつもりでも真意が伝わらない。本物のナイフという設定で小道具のおもちゃのナイフを使っているから劇中で最初からそれは本物のナイフなのであって、そのおもちゃのナイフが本物のナイフにすり替わったと主張すれば物語世界は破綻する。こんがらがってきた。うまく説明がまとまらない。

「と、とにかく!」風真はヤケになり、「俺は殺されかけたんだ!」

自身の状況をストレートに訴える。今は強引にでも、先に進めたほうがいい。

「お前は、本来なら死ぬべきだったんだ!」

久我が責めるように叫んだ。風真がアドリブをはじめたことに苛立っているようだ。

「なんだよ、その言い草は!」

こいつも事の大きさがわかっていない。あのままナイフが振り下ろされていたら無事では済まなかった。その場で舞台も中断していただろう。

「さてはあなた犯人だな!?」

勢いに任せて言ってしまう。

『ちょ、ちょっと風真さん!』

アンナが止めに入るも、「本来なら死ぬべきだったなんて、それは犯人だという自白か⁉」と久我に迫った。物語上の犯人は久我なんだ。こいつがいちばん怪しい。

「いや、ほらその……」久我は誤魔化すように、「お前みたいに演技が下手な奴《やつ》は、死んだほうがマシって意味で言ったんだよ！」

久我はそう言って風真に顔を寄せて、「まだ早ぇよ！」と耳打ちする。

「俺が羽村さんのそばにいるのが気に入らなかったんでしょう？」

勢いづいた風真は止まらない。

「嫉妬に狂ったあなたは、俺を殺そうとした。違いますか⁉」
Q.E.D.——証明終了と、久我に詰め寄るも、「違う！」と強く否認される。
「だいたい、なんで僕が嫉妬しなきゃいけないんだ⁉」

「そんなの、あなたなら——」

未練があってもおかしくない、そう言いかけて風真は言葉を切る。

あわや現実の人間関係をステージに持ち込むところだった。芝居が止まるのを恐れて、思いつくままに言葉を繰り出すのは危ない。発言には細心の注意を払わなければ……。

「まあまあ」

猪ヶ倉がふたりを制した。

「落ち着きたまえ。いがみ合っても仕方ない」

稽古場での役割を踏襲するかのように、仲裁が図られる。

「状況を整理しよう」

皇月が「そうね」と合意する。「そもそも、なぜハザマさんは命を狙われたの?」と投げかけると、「オーディションに不合格になると殺されるんじゃないのか?」と久我が続いた。即興で辻褄《つじつま》を合わせるつもりらしい。

「昨日の不合格者はハザマさんということ?」丁寧に確認する羽村。

「ウインクキラー、下手くそすぎたよねー!」合の手を入れる愛原。

客席から笑い声が生じた。風真は少し傷つく。

『いい流れです、このままいきましょう』

「はあ? どこがだよ」

アンナによる不当な評価に思わず声をあげてしまった。まずい。

「どこがって、毎回鬼にやられてたじゃーん」

奇《く》しくも、愛原にアドリブとして処理された。

「一見ただのレクリエーションのようだが」猪ヶ倉がリレーを引き継いで、「ウインクキラーは洞察力や身体の動かし方、相手からどう見られているかなど、俳優に必要なスキルが問われる。主催者はそれらを審査し、ハザマくんを不合格とみなした。ここまではいいな？」

猪ヶ倉の説明は、実際に存在するセリフに近かった。

「その結果、主催者はハザマくんを殺そうとした。つまりこれは殺人オーディションということか！」

本来のタイミングとは異なるのに、違和感なく差し挟まれた。猪ヶ倉敏夫。ベテラン俳優の判断力は桁違《けたちが》いだ。これで風真が死んでいなくても、物語のなかに殺人者がいることは示された。

『風真さん、引き続き気をつけて』

「……ああ」

風真は頭を探偵に切り替える。

脅迫者が動き出したのだ。最初に狙われたのが風真だった以上、次に誰が標的になってもおかしくない。それなのに羽村を除く共演者たちは、リアルに殺人が起こるとは思っていない。犯人がこのなかにいるかもしれないのに……！

まだ観客も異常事態には気づいていないだろう。風真としては、次なる仕掛けに警戒しつつ、羽村やみんなを守らなければいけない。

「脱落者はこのまま部屋にいるんだな」

久我の声で顔をあげると、風真は一同の視線を浴びていた。

「聞こえなかったか?」

「え……?」

「二日目のオーディションに参加させるわけにはいかないものね」

皇月も加勢する。風真を追い出すという方向で、いつの間にか話がまとまったようだ。

そうか。生き残った風真を舞台から退場させ、次のシーンに進むことで、彼らは台本通りに戻したいのだ。

『何とかしてステージに残ってください』

「わかってる!」

俺は探偵なんだ。みすみす退場してたまるか!

「わかったんなら、大人しくしてろ」

念押しする久我を無視して、風真は前に出た。

「そういうわけにはいきません」

「はあ?」

「俺は、オーディションを受けに来たんじゃない!」

怪訝《けげん》な顔つきが深まる共演者たち。なりふり構っていられない。脅迫状のことを明かすしかない。

「実は……」

「ハザマさん」

羽村が小さく首を振った。

「実は……あ、ある目的があって、潜入したんだ！」

咄嗟に言葉を濁す。正体を明かしてほしくないということだろう。

「目的とは何だね？」

間髪を入れずに猪ヶ倉が尋ねる。

「ええと……それは、だから……い、言えない！」

溌剌《はつらつ》と言い切ったものの、「答えられないのか」「怪しい奴め」などと、矢継ぎ早に言葉が浴びせられていく。

「え、あれ……？」

またたく間に劣勢に立たされる。

「オーディションを受けに来たわけじゃないんですね」羽村が言う。「でしたら、なおさら邪魔されるわけにはいきません」

怯《おび》えながらも、覚悟を決めたような顔つき――ナイフの反応を見る限り、脅迫者が動き出したと気づいたはずだ。それでも彼女は風真に守られることより、舞台の続行を優先しているように思える。

ショーマストゴーオン。羽村の言葉を思い出す。何があっても舞台を止めてはいけない。続けるのが俳優としての責任。

そうだ。約束したじゃないか。俺も必ず、最後まで舞台をやり切ると……！

「縛りつけて、明日まで監禁しておきましょう！」

皇月が威勢よく拳《こぶし》をあげた。

「ちょ、ちょっと待ってくれ！」

風真の声を拾う者はおらず、「縛れるもの持ってこい」「ロープか何かあるだろう」と、俳優たちが散り散りに動きはじめる。目まぐるしい展開を止める術はなく、風真は舞台中央でおろおろするばかり。

ブツン！

だが、ロープなんて小道具は用意されていない。簡単には調達できないはず。

ふいに嫌な音が響いた。愛原が何やら黒い縄を両手で巻き取りながら走ってくる。

「見つけたよ～！」

風真だけではない。皆一様に息をのんだ。

それはどう見てもスピーカーケーブル。まさか舞台に設置された機材から引っこ抜いたのか⁉

物語世界に存在するはずのない「黒い縄」は、観客に怪しまれるよりも前に、素早く風真の胴にかけられる。

「やっ、やめろおー！」

一対五。風真の抵抗も虚しく、手際よくベッドにくくりつけられてしまう。

「いいか」久我が顔を近づけて、「お前みたいな奴と違って、僕はこのオーディションに人生を懸けてる。殺されるような演技をするつもりはないし、目の前に大きなチャンスがある以上はやり遂げる。みんなもそうだろ⁉」

それぞれが賛同の声をあげた。アドリブのセリフなのに、まるで現実の彼らの想いを語っているように聞こえた。

ベッドは男ふたりによって舞台袖へと押されていき、あえなく風真は退場となった。

「てめえ、何考えてんだ！」久我は押し殺した声で、「芝居をブチ壊す気か⁉」

涼しげなルックスには似合わない、太い血管が浮き出ている。

「違う、俺は本当に殺されそうになって……」

「ハザマくん」猪ヶ倉が言う。「あとのことは任せなさい」

すぐにふたりはステージへと戻っていった。

『風真さーん、大丈夫ー？』能天気なアンナの声。

「大丈夫なもんか！」

めいっぱい腹筋に力を入れて身をよじったが、頑丈に縛られたケーブルはびくともしない。

「おい誰か、ケーブルをほどいてくれ！」

助けを求めて囁《ささや》いても、周囲にスタッフは見当たらなかった。

ステージでは辻褄合わせが続いており、「犯人はこの館に潜んでいる可能性が高い」「ほかに誰も見かけてないけど」「じゃあ私たちの誰かが主催者？」「今夜も不合格者が襲われたりして」などと、必要な情報が観客に伝えられていく。

「どのみち船が来るまでは逃げられんし、棄権すれば不合格者とみなされるかもな。かと言って演技が下手でも殺される。生き残るには、全力でオーディションに挑むしかあるまい」

猪ヶ倉が見事に締めくくる。

風真が生き残ったこと以外は、従来のシナリオに戻っていた。

＊

軌道修正は功を奏した。何事もなかったかのように芝居が再開されていく。

このままではまずい。舞台裏に監禁されていては、脅迫者に出し抜かれてしまう！

「あの……」

ベッド脇に人影が現れる。黒ずくめの新人俳優が見下ろしていた。

「お前っ！」

風真は身構える。またしても、その手にはナイフが握られていたからだ。

動けない。殺される。必死の思いで目を見開いて、新人を睨みつけた。それしか抵抗の術はない。

新人はナイフを振りかぶらなかった。横向きにして差し出してくる。

「見てください！」

これは……小道具のほうか。

忘れていた。本物のナイフはポケットのなかに回収済みだ。今度こそ刺されると思い込んだ風真の全身から、急激に力が抜けていく。

「どういうことなんだ?」

「俺にも何が何だか……」

狼狽《ろうばい》しながらも新人は、「プリセットテーブルにありました」と釈明を続ける。

小道具は、舞台袖にある長机の決まった位置に置かれている。新人はそこからナイフを取って舞台に上がったが、出番が終わったあとに長机を見ると、なぜかナイフが置かれていたという。

「つまり、ナイフがすり替えられていて、本物だとは知らなかったと?」

「開演前に確認したときは小道具でした。さっき本番で持ったときは、まさか本物だなんて思わなくて……信じてください」

懇願《こんがん》するように新人は言った。良い目をしている。瞳に宿った輝きに嘘はないように思えた。

『なるほど』アンナが呟く。『風真さん、その人は無実です』

風真がその通りに伝えると、新人は安堵の表情を浮かべて、そのまま楽屋方面に踵《きびす》を返した。

「待ってくれ、ケーブルをほどいてくれ!」

無情にも新人には届かなかった。

置かれたナイフが小道具だったのは、開演直前に風真も見ている。本番中に本物にすり替わり、どこかに消失していた小道具のナイフが、いま再び現れた。どういうことなんだろうか？

ステージでは、オーディションが進んでいる。

「**拙者親方と申すは、お立合いの中《うち》にご存知のお方もござりましょうが……**」

二日目の課題は「外郎売《ういろううり》」の朗読である。滑舌、暗記力、言い回しなど、俳優としての基礎が問われる長ゼリフだが、すでに久我、皇月、猪ヶ倉が終えて、愛原の番がはじまっていた。

ここで彼女は失敗することで、次のターゲットになってしまう。

「**来るわ来るわ何が来る、高野《こうや》の山のお柿《こけら》小僧、狸《たぬき》百匹、箸《はし》百膳《ぜん》、天目《てんもく》百杯、棒八百本！**」

恐怖でパニックに陥った愛原の演技は乱れていき、「このままじゃ殺される！」と屋外へ逃げ出したその夜、犯人に崖《がけ》から突き落とされてしまうのだ――。

「**武具馬具《ぶぐばぐ》武具馬具、三武具馬具《みぶぐばぐ》、合わせて武具馬具、六武具馬具《むぶぐばぐ》！**」

……何かがおかしい。愛原の流暢《りゅうちょう》な言葉を聞きながら、風真は違和感に襲われる。

「**薬師如来《やくしにょらい》も照覧あれと、ホホ敬ってういろうはいらっしゃりませぬか**――終わりっ！」

すらすらと最後まで言い切った。

——い、言えてどうする！

台本では、わかりやすく噛みまくるという筋書きのはずだが……。

「う、うん。まあまあね」場を取り仕切る皇月の声は震えていた。「じゃあ最後は羽村さん」

「はい」

それからの展開に、ますます風真は困惑を隠せない。

「拙者……お、親方と申すは……お立合いの、中に、ご存知のお、お方も……」

あまりにたどたどしい。稽古の時ですら失敗しなかった羽村が、幾度も噛んでは言葉を詰まらせる。肝心の早口言葉パートも、

「狸百ぴゃき、箸百じぇん、天目百ぴゃい、棒ぴゃっぴゃっぽん。武具馬具ぶぐぶぐ、三ぶぶぶぐ、合わせて武具ばっ、ぶぶぐぐぶ！」

誰よりもひどいのは明らかだった。

これでは次に殺されるのは、愛原ではなく羽村だと、観客に勘違いされかねない。

まさか俺が脅迫者に殺されかけて、動揺しているのだろうか？

『まもなく第二の殺人シーンですよ』

「くそっ、このケーブルめえ！」

監禁状態から抜け出せないのが心底もどかしい。

『風真さん風真さん』

「何だよ！」

『ナイフは？』

はっとなる。押収品をポケットから取り出すと、ステージから漏れる明かりでわずかに光った。

ケーブルに刃を当てて動かす。なかの銅線も力ずくで切断し、あとは無理やり引きちぎった。

ベッドから立ちあがる。

ステージには誰もおらず、雨音も聞こえない。シーンは屋外に切り替わり、仄暗《ほのぐら》い闇夜の照明が、不吉な雰囲気を醸《かも》し出《だ》す。

二日目の夜。

大きな波音を合図に、舞台セットの二階部分に愛原が立つ。再び黒装束のアンサンブルキャストがやってきて、愛原を突き落とす動きをした直後、ステージは暗転に包まれる
――それが正しい台本の流れ。

波音が三回も鳴った。愛原は現れない。袖幕から覗いてみると、反対側の舞台袖で人が動いている。様子がおかしい。ステージを突っ切るわけにはいかないので、裏手に回って階段を下りて、楽屋通路を走って階段を上がる。

「ねえ、もう死んできていい？」

愛原の声。こちらの舞台袖に俳優たちが集まっていた。

「私が死ななきゃリアルじゃない」羽村が言う。「あれだけ失敗したんだから、お客さんだってそう思ってるはず」

ステージに出ていこうとする羽村の肩を、久我が「待てよ」と摑んだ。

「主演が死んだら、また台本通りに進まないぞ」

「そうだけど……嘘をつきたくない！」

「アタシも賛成」とは皇月だ。「愛原さん、あなたどうして失敗しなかったの？」

「仕方ないじゃん、テンパったの！」

「どうしてテンパったらうまくいくのよ⁉」

「できることをわざと失敗するほうがムズくない？」

「……あのー」

風真が近づくと、一斉に振り向かれる。

「てめえ、邪魔するなって言っただろうが」警戒心を露《あらわ》にする久我。

「愛衣花ちゃん、よく聞いて」羽村が言う。「信じられないかもだけど、いまステージに立つのは危険なの。死んじゃうかもって、それが台本なんだから当たり前じゃん」

「死んじゃうかもって、それが台本なんだから当たり前じゃん」

「そうじゃなくて……」

羽村は一度そこで区切り、「誰も危険な目に遭わせたくない。あとのことは頼みます！」と一同に告げると、ステージに飛び出した。

「どうすんだよ、これからの展開……」

久我が頭を掻きむしる。

「仕方ない」猪ヶ倉が息をついて、「次のシーンでうまいこと説明づけよう」

『風真さん。美幸さんを止めてください』

「む、無理言うなよ！」

彼女ひとりでステージに向かったのだ。こうなっては手の出しようがない。

「無理ではない。皆で力を合わせれば何とかなる」

猪ヶ倉が言った。舞台裏でも会話のすれ違いが生じる。

『犯人は次の獲物を狙ってます』

「何だって⁉」

『風真さん同様、台本通りのタイミングで仕掛けてくるでしょう』

ようやく羽村の真意がわかった。愛原を守るために、あえて彼女は身代わりになったのだ。外郎売もわざと失敗したのだろう。

『とにかく二階に立たせないで！』

羽村はもう階段を上りはじめている。

「ええい！」

動くしかなかった。俳優たちをすり抜けて羽村のあとを追う。「おい！」と久我が小声で制するも、背中で受け流す。

客席からの夥しい視線に、心拍数が跳ね上がった。

今は何も考えるな。彼女を守るのが先決だ！

それにしても照明が暗すぎる。ほとんどステージは真っ暗闇で、風真は階段の縁に貼られた蓄光テープを頼りに、躓《つまず》きそうになりながら階段を駆け上がった。

「羽村さん！」

「えっ、何？」

いるはずのない風真に驚いた顔つき。

「危ないところだった」

奥の袖幕からは、犯人役を演じようと新人俳優が姿を覗かせている。

「見ろ」新人を指差しながら、「きみの命を狙ってる奴がいる！」

羽村と目を合わせてしまった新人は、慌てて引っ込んだ。わずかな出番を潰《つぶ》して申し訳ないが仕方ない。

「さあ館に戻ろう！」

『あっ！』

手を引いて、向こう側の舞台袖まで連れていったところ、
アンナの叫びに心臓が止まりかける。

「今度はどうした⁉」

『愛衣花ちゃんが出てきました！』

見ると、愛原が二階へと上りはじめている。

「あああもう、なんでだよっ！」

『愛衣花ちゃんも止めてください！』

すぐに風真は二階エリアに逆戻り。

「愛原さん！」

「えっ、何?」

「危ないところだった」

観客がくすくすと笑った。同じやり取りをコントだと思ったのだろうか。

「危ないのはあんたじゃん。こんなの稽古では——きゃっ!」

風真は愛原の腕を押さえた。かろうじて稽古という単語は、客席には届かずに済んだ。

「さあ館に戻ろう!」

「なんで?」

「いいから」

「離してってば!」

愛原が腕を引くと、首に巻かれていたマフラーがセットの床に落ちた。細い腕からは想像もつかない力で抵抗される。

「いい加減にしてよ! 愛衣花はここで死ななきゃなんないの!」

彼女はアドリブではなく素のままでしゃべっている。これから殺されるかもしれない人間が、自分が死ぬと知っていることになってしまった。

「いいや、違う! 死ななきゃならない人間なんていない!」

物語の整合性を取りながら、相手の身を守る……とんでもない難易度だ。

「愛原さん、いや愛原！」

「何だよ！」

「生きろよ！」

何を言っているのか自分でもわからない。

とにかく筋を通して説明づけないと……！

「愛原。きみは、なんて真摯《しんし》な人なんだ」

声の震えを必死で押さえる。まさに一言一言が綱渡り。

「どういう意味？」

「自分の演技に納得がいかないから、ここから飛び降りて、自ら命を絶つつもりだったんだろ？」

彼女はまだ犯人に襲われていないのに「死ななきゃなんない」と言ってしまった。自殺を図ったことにすれば、矛盾は生じないはずだ。

「別にそんなつもりは……」

「きみはまだ経験が浅く、役者として未熟かもしれない。だけど外郎売の出来はよかったじゃないか。絶望するにはまだ早い！」

「そうよ愛衣花ちゃん！」

羽村が風真の後ろから呼んだ。まだステージに残っていたのか。

「死んじゃダメ。私だって今日の課題はボロボロだったし、オーディションは不合格かもしれないけど、生きてさえいればチャンスは摑める」

「はあ？　さっきから何の話を……」

「と、とにかく」長引けば不利だ。風真は再び愛原の手を取って、「いったん館に戻ろう！」

「イヤ！　私はここで死ぬんだって！」

押し問答から抜け出せず、腕の引っ張り合いが続く。夜のシーンが終わって次の日が訪れなければ物語は進まない。次の日になってほしい。どうにかして次の日にするしかない。次の日に、次の……！

「次の日ーっ！」

風真は全力で叫んだ。客席の最後列、その奥のＰＡブースを向いて意思を伝える。照明スタッフ、頼むから明かりをつけてくれ！

特に変化はない。強引なナレーションで察してほしかった。

「……は？」

愛原が言うと、今度は客席がどっと沸いた。先ほどから観客の反応がおかしい。こっちが真剣になればなるほど、コメディの空気になってしまう。

だけど構うものか。後には引けないんだ！

「次の日。次の日。そう、諦めなければ必ず明日はやってくる！　今はこうして暗闇のなかにいるかもしれないが、明けない夜はない。だから自分を信じて頑張るんだ！」

駄目押しでもう一度、ＰＡブースに全力で目線を送る。

「信じれば必ず、明日はやってくるーーーっ！」

ふんわりとした明かりがステージに差し込んでくる。

朝日が昇った。三日目がやってきた。シーンの移行に成功した！

「えっ、やば」

愛原が急いでステージから走り去る。風真も続いて階段を下りようとするが、久我、皇月、猪ヶ倉が上ってきたので、二階エリアで五人が合流するかたちとなった。

＊

「どうしてこんなことに……」

落ちたマフラーを拾い上げて久我が言った。聞き覚えがある。これは正しいセリフだ。

「なんで、あの子が死ななきゃいけないの……」

よろけた皇月を、猪ヶ倉が抱きとめる。そしてため息を一つ。

間違いない。台本通りの芝居！

共演者たちは愛原が死んだことにして、このまま進める算段らしい。

「……愛原さんは死んじゃいない」

風真が真っ向から異を唱える。

「ああ？」睨みをきかせる久我。

「彼女はまだ――」

「死んだんだよ！」

マフラーを風真に投げつけて叫んだ。「現実を受け入れろ、もういないんだ！」

久我だけではない。皇月も猪ヶ倉も結託していた。自分を拒《こば》むような視線に、風真はまるで独りぼっちでステージに立っているような寂《さび》しさをおぼえる。

「愛原さんは……」

それでも風真は挫《くじ》けない。

「愛原さんは……生きてます！」

またしても自分のせいで、人が死なないままストーリーが進行してしまった。

だからこそ。ここで立ち止まるわけにはいかない！

風真には責務がある。

ひとりの探偵として、事件を未然に防ぐこと。

ひとりの俳優として、話を破綻させないこと。

風真が愛原を救った一連の流れを、観客は目撃しているのだ。それを今さら「やっぱり殺されてました」と押し切ると、観客は物語についてこられなくなる。

「確かに彼女は、一時の気の迷いで自ら命を絶とうとした。だけど俺が引き留めた」

台本に書かれた物語が正しいのではない！

観客が目の前で観たものこそ真実なのだ！

「生きてるよな、愛原愛衣花さん！」

彼女は死んでいない。殺されたことにしてたまるか！

「……私も見ました」羽村が味方する。「昨夜、襲われかけたのは私です。ハザマさんが助けてくれました」

「羽村、お前……」

苦渋に満ちた表情で、久我が口ごもった。

「二日目の不合格者は私。愛衣花ちゃんは生きています」

まるで裏切者を見るような目で、三人は羽村を睨みつける。

「愛原さん!」風真は叫んだ。「生きてるなら姿を見せてくれ!」

祈りが届いたのか、しばらくして舞台袖から愛原が現れた。

おっかなびっくり二階に上がってくる。手は小刻みに震えていた。

「無事でよかった……」

風真は愛原の首にマフラーを巻き直す。全員集合。アドリブ劇の続行が決まった。

オーディション三日目。いよいよ最終日。

「今日の課題をはじめましょう。アタシたちは続けるしかない」

皇月の提案に、「そうだな」と猪ヶ倉が同調した。

三日目の課題は「主催者の演技を暴《あば》け」だった。参加者に潜んだ主催者＝犯人の演技を見抜けるかというもの。参加者たちは互いに疑いながら嘘を探っていく。犯人である久我が嘘をついていると羽村が見破ったことで、殺人事件の解決へと繋がるのだが、はたして丸く収まるのだろうか。

二日目の不合格者が愛原から羽村に変わり、誰も死んでおらず、愛原の自殺未遂というエピソードまで加わってしまったのだ。うまく進行させなければ、すぐに矛盾が生じかねない。

「オーディションの主催者、つまり犯人を見つけ出せばいいわけだな?」

ルールをわかりやすく説明する猪ヶ倉に、皇月が「最初に暴いた人が主演の座に輝くわけね」と応答する。その合間を縫って、風真は立っている台の床面を見た。

早急に確かめるべきことがある。なぜアンナは「二階に立たせないで」と言ったのだろうか。不審な点はないか目視していると、

「うそっ……!」

愛原が悲鳴をあげた。みるみるうちに青褪《あおざ》めていく。

「どうしたの?」

ふらついた愛原の身体を、羽村が抱き寄せる。

「だ、だって……」愛原はうわずった声で、「場ミリが——もがっ!」

風真は咄嗟に愛原の口を塞いだ。危なかった。場ミリだなんて世界観にそぐわないワードを観客に聞かせてはいけない。

改めて、風真は前方を見る。立っている台のぎりぎりのラインに、クリーム色の小さなバツ印が確認できた。愛原のスタンバイ位置を示す蓄光テープが大幅にずれていることに気づく。

「愛衣花、死んでたかもじゃん……」

肝が冷えたのか、消え入るような声だった。

ゲネプロでは、愛原のスタンバイ位置は台の中央だったはず。目を凝《こ》らすと、わずかに剝《は》がされた形跡がある。

間違いない。脅迫者が故意に貼り換えたのだ。彼女を転落させるために――！

「おい、早く館に戻って課題に取り組もう」

久我が急《せ》かした。「ぼーっとしてたら犯人に突き落とされちゃうぞ？」と、身振りを交えて茶化す。

「中止して！」

愛原が地団駄を踏んだ。舞台セットが揺れる。

「こんなの続けられない！」

「そ、そんなに怒らなくてもいいだろ……」

あまりの剣幕に久我もたじろいだ。

「何の冗談なの？　みんなして、そんなに楽しい⁉」

猜疑《さいぎ》心に満ちた目をぎょろぎょろと動かして、共演者たちを威嚇する。いきなり怒り出した愛原に一同は戸惑うばかり。

「もう出てきたくなかったのに、わざわざ呼び出して恥かかせやがって。愛衣花のこと、馬鹿にしてるんでしょ？」

「きみは何を言っているんだ？」

猪ヶ倉がなだめるように言った。

「とぼけんなよ、おっさん」

愛原は意に介さない。先輩に向かって何という口の利き方だ。

「ここから落ちてたらイタズラじゃ済まなかったよ？　あんたどうするつもりだったの？」

「どうするつもりって……」

さすがのベテランも返答に窮する。

「こんな状況、もうヤダ！」

ややこしい事態になってきた。愛原は、共演者のイタズラで場ミリテープをずらされたと勘違いして、頭に血が上っているらしい。恐らく彼女は、何者かに本当に殺されかけたとは思っておらず、アドリブ劇も含めて、タチの悪いドッキリでも仕掛けられたと思い込んでいるのだ。

だが、観客にはこう見えているだろう。愛原は自殺しかけたことを今は恥じており、部屋から出たくなかったのに、風真たちに強引に呼び出された挙句、自分が笑いものにされていると感じて怒った――と。

「やめてやる！」

愛原が階段を駆け下りる。ドタバタと全員が追いかける。屋外から館のなかへと、俳優たちの移動に合わせて照明も切り替わる。

「待って愛衣花ちゃん」羽村が追いすがって、「私は最後まで、愛衣花ちゃんと一緒にオーディションをやりたい」

「はっ、愛衣花は別に一緒にやりたくないし〜」

鼻で笑った愛原に、「ワガママも大概にして！」と怒号が飛んだ。

皇月だった。足を広げて立ちはだかる。

「わけのわからないことをごちゃごちゃごちゃごちゃ。アタシだって、あなたなんかと一緒にやりたくないわよ。けれどプロだからやり遂げないといけないの。それくらい女優を名乗ってるなら理解できるでしょう⁉」

聞きながら不思議な感覚に陥った。繰り広げられるアドリブの会話が、いま置かれているリアルな状況と痛切に重なってくる。羽村も皇月も、まだ芝居を続けようと踏ん張っていた。

「プロって言うならさあ」だが愛原は邪悪に微笑み、「そっちこそ私情を持ち込まないでくれる?」

「私情?」

「愛衣花のこと気に入らないから突っかかってくるんじゃん。そんなに颯馬が取られちゃうかもーって心配?」

「な、何の話……⁉」

わかりやすく高いキーが飛び出した。

「颯馬が好きなんだもんね。態度見てればわかるし」

愛原は久我と皇月を交互に見てから、「てかもうデキてんの?」と言い放つ。

客席が波打ったように感じた。

「ち、違う」久我が慌てて、「そんなことはない!」

「えー、じゃあやっぱり美幸さんなの?」

「なっ……!」

「それとも二股《ふたまた》? こんな近くでよくやるわあ〜」

劇場全体の緊迫感が高まるのを、風真は肌で感じ取る。

ドッキリの仕返しのつもりか、愛原は一線を越えてしまった。よりによって現実の人間関係を持ち込むなんて。芸名と役名が同じなのは不幸中の幸いだったが、いつ物語が破綻してもおかしくない。

愛原の暴走を止めなければ、オーディションどころではなくなる。

「……愛原さん。アタシ本気で怒るよ？」

ドスのきいた声で、皇月が威嚇する。

女優同士が火花を散らす。ステージが殺気立っていく。

「皇月センパイ怖～い。颯馬ぁ～助けてぇ？」

猫なで声で久我の腕にまとわりつく愛原。

「お、おいちょっと……」

久我の顔が戸惑うようにほころんだ。

「ベタベタするな！」皇月は憤怒の形相で、「離れなさいっ！」

稽古場で見たやり取りが再演される。

仲の悪さが、ここにきて深刻な事態に拍車をかけた。

「美幸さんのこと引きずってそうだもんねー。今さら週刊誌にもパパラッチされちゃって
……」

「やっ、やめろ！」とうとう久我も反論する。「僕は誰とも付き合っていない！　あれこれプライベートを詮索《せんさく》されたくない！」

「ほんとに〜？」

久我は応えずにぎゅっと睨んだ。気圧《けお》されたのか、愛原は視線を逸らす。

「……久我くん」皇月が矛先を変えた。「それはひどいんじゃない？」

疑惑に満ちた目で、久我に向き直る。

「どうしたんだ皇月さんまで。しっかりしてくれ」

「そこはちゃんと否定してほしいんだけど」

「否定？　何を？」

「だから、羽村さんのこと！」

雲行きが怪しい。皇月の様子も変だ。

「あなたは優柔不断なところがある。思わせぶりな態度や行動がそうやって火種をバラ撒《ま》いてるのよ。まだ羽村さんと何かあるんじゃないの？」

まくし立てる皇月が、久我を一歩ずつ後退させていく。

「ちょ、ちょっと待てよ」

「誰とも付き合ってないとか、そんな風に断言されたら、さすがにアタシも腹が立つというか、馬鹿にされた気分！」

「いや、あの、皇月さん……」

「こんな状況になっても、まだあなたはそんな態度のまま。何か一言くらいアタシに言ってくれてもいいんじゃないの⁉」

久我が戸惑いを見せるほどに、皇月はヒートアップしていった。

獣のように獰猛《どうもう》な息づかい……もはや手がつけられそうにない。

明らかに異質な空気。明らかに異常な展開。

愛原に続いて皇月も、正気を失いつつあった。観客には犯人を探して疑心暗鬼に陥っているように見えるかもしれないが、先の見えないアドリブを続けた俳優たちの精神は限界に近いのだろう。

久我もふたりのペースに巻き込まれつつある。風真と羽村と猪ヶ倉の三人で、どこまで持ちこたえることができるか……。

「よさないか皇月！」ここで猪ヶ倉が一喝する。「いい大人がみっともない」

珍しく強い調子で割って入った。そうだ。皇月を止められるのは、旧知の役者仲間である彼しかいない。

「猪ヶ倉さんまで、若い子の味方するんですね！」

稽古場とは違って、彼女は引き下がらなかった。

「頭を冷やしなさい。今は役者人生を懸けたオーディションの真っ最中なんだぞ？」

皇月を諭《さと》しながら、改めて状況を説明する猪ヶ倉。

「この有り様はなんだ。いい歳して、誰が誰を好きだの、付き合う付き合わないだの、プロが現場で浮つくなんてどうかしている。そんなことには目もくれず、ひたすら演技を磨《みが》いてこそ一流の役者だと思わないか?」

心強い。猪ヶ倉は最後の砦《とりで》だ。あくまで台本の物語に戻そうとしてくれる。

「現場に色恋沙汰を持ち込むなんて、女優失格だぞ!」

「……すみません」

皇月の語調が弱まった。わずかに目を潤《うる》ませている。

よかった……。何とか落ち着きを取り戻したようだ。

これで無事にオーディションのシーンへと進める。

「はあああああああああああああああ!?」

突如として轟く金切り声。

「ふっざけんなよ、どの口が言ってんの!?」

再び愛原だった。何が気に障ったのか、猪ヶ倉に詰め寄る。

「愛原さん、今はそんな場合じゃ……」

「愛原さんだあ? 白々しく呼ぶなあああ!」

叫びながら猪ヶ倉を押し倒す。今度は何なんだ。風真の頭は追いつかない。

「愛衣花ちゃん!?」

駆け寄った羽村だが、払いのけられる。

「あんたこそ死ねばいいんだあああああ！」

馬乗りになった愛原が拳を振り上げる。

「ま、待て！」

風真は横から抱き着いて愛原を引きはがすも、「触んな！」と突き飛ばされて尻もちをつく。ステージの床はひどく硬いことを知った。

愛原の目は血走っている。まるで殺人鬼のよう。

猪ヶ倉は額に汗を浮かべて硬直し、演技どころではなさそうだ。ふたりの間に何があったかは知らないが、またひとり陥落してしまった。

「何なの、本当に……」

皇月が泣き崩れる。両手で顔を覆って、「全然うまくいかない！」とむせび泣く。

ステージは混沌《こんとん》を極めた。

もうダメだ。風真の身体から力が抜けていく。

舞台は完全に壊れてしまった。台本の流れに戻すどころか、収拾すらつきそうにない。

悔しさが込みあげてくる。最後まで舞台を続けることができなかった。羽村との約束は、果たせそうにない……。

——風真さん。

呼ばれた気がして羽村を見た。

彼女と目が合う。その固く結んだ唇から、ほとばしる闘志を感じ取った。

羽村が客席方向に目配せする。恐る恐る、風真も客席を向いた。

……あれ？

注がれる千二百人の熱い視線を目の当たりにする。

余所見《よそみ》をしている者は見受けられない。全員がステージに釘付けだった。真剣な面持ちで我々を見つめている。

そうか。これが演劇なのか。

演劇の懐《ふところ》の広さを、風真は思い知る。ステージの上で語られた言葉は、たとえ現実の出来事であっても、物語として取り込まれていく。俺たちがこうして足掻《あが》いている限り、観客もまた、観ることをやめないのだ。

だったらまだ大丈夫だ。ギブアップには早すぎる。

「……アタシ、もう降ります」

嗚咽交じりに皇月が宣言した。よろよろと舞台袖に去っていく。

「待ってくれ！」

脈絡なく登場人物がいなくなれば打ち止めだ。「降りてはいけない！」と、皇月の前に回り込んだ。

「どうして？」

「役者なら続けるべきだ。ここですべてを解決するべきなんだ」

風真は一同を見回した。

誰もが演技をしていないように思えた。何かを抱えてステージに立つ、生身の人間たち。むき出しのまま、五人の俳優と、門外漢の探偵が、ステージの上で対峙している。

「だけど」皇月が縋るような目を向けて、「こんなの、どうにもできない」

行き先も知らぬままに突き進んだ即興劇は、風真たちを遠くまで運んだ。

「できるさ！」

それでも諦めたくなかった。

台本には戻れなくても、新しい流れは生み出せる！

俳優としても、探偵としても、まだやれることはある！

「俺は探偵です！　事件を解決するためにいる！」

風真は大声で言った。

舞台は静寂に包まれる。あっけに取られる共演者たち。頭上に浮かんだ無数のクエスチョンが目に見えるようだ。

「改めて、自己紹介をさせて頂きたい」

構わずに風真は続ける。

「自己紹介?」猪ヶ倉が怪訝そうに、「それなら一日目に済ませたはずだが」

「俳優の卵――あれは嘘です」

きっぱりと言い切った。

「皆さん、疑問を持たなかったんですか? このオーディションに呼ばれた人間のうち、ハザマナオキという男だけが……無名じゃないか!」

俳優たちが口ごもる。

「今を時めく俳優の皆さんと比べると、知名度が吊り合わない。けして俺は『売れっ子俳優の挑戦者』なんかじゃありません」

「まあずっと思ってたよ」愛原が言う。「誰こいつ、知らねえーって」

「だったら、あなたは誰なんですか?」

皇月に問われ、風真は正面を向く。

外した眼鏡を投げ捨てて、

「俺は探偵事務所ネメシスの探偵、風真尚希だ！」

と、千二百人の観客に堂々たる名乗りを決めた。

「どういうこと？」「知ってるテレビで観た！」「たじみんの動画に出てた人！」

客席から湧《わ》き上《あ》がる声。上演中とは思えないほど、各所でざわつきが生まれる。

「静粛に願います」

慣れ親しんだ言葉が口をついて出た。観客も、推理を披露する際のオーディエンスと同様に扱えば怖くない。

『風真さん……？』

「これでいいんだ」

囁き声でアンナに言い含める。

その場凌《しの》ぎのアドリブを続けていても終わらない。自分たちを殺そうとしたのは誰なのか。この物語のなかで生きる探偵として、本当に事件を解決すればいい。

「探偵だと？」久我は納得のいかない様子で、「なんで探偵が紛れ込んでるんだよ？」

「それは……事件の匂いがしたからです！」

「な、何だそれ？」

「事件あるところに探偵あり！　常識さ！」

強引だが押し通す。前に進めるほうが大事だ。

お芝居だと思うから無理が生じる。下手な演技はせず、いつも通り、探偵・風真尚希として振舞えばいい。そう思い直すと一気に心が軽くなった。

『風真さんの心意気よくわかりました！』

アンナの声が弾んだ。

『今こそ、人当たりの良い探偵ランキング第一位の見せ場です！』

風真は小さくうなずく。

決められた筋書きはない。六人全員で会話を成立させる必要がある。いがみ合っては話をまとめられない。

『最高のフィナーレ、楽しみにしています』

アンナがそう言うと、プツンという機械音が鳴った。電源が落ちるような嫌な響きだったが、気にしている暇はない。

「いいですか皆さん」

伝わると信じて、五人の俳優たちに言葉を紡ぐ。

「これは立派な事件です。解決には皆さんの協力が必要です、力を合わせましょう！」

丸く収めるには全員が心を一つにしなければいけない。

いまだ観客は、お芝居がアドリブで進行していると気づいていない。物語はフィクションでも、いまステージに俺たちが立っているという事実、それは間違いなくリアルなのだ。観客は俺たちを信じてくれている。そこに立って、息をして、相手と言葉を交わして、動き回る俺たちを、観客は受け入れてくれる。

だからこそ舞台は止まらない。俺たちは物語を上演し続けられる！

「しかし、犯人がわからない以上は……」

猪ヶ倉が独り言ちた。

そうなのだ。名乗りをあげたはいいが、風真には犯人がわかっていない。

台本通りならば犯人は久我颯馬。命懸けで演技がしたかったという狂気じみた動機による犯行だが、しかしそれだけを説明したって観客は納得しないだろう。今ここで巻き起こった口論や、提示された人間関係を無視するわけにはいかない。起こってしまったことには理由付けが必要なのだ。

どうする。頭をフル回転させる。誰が犯人で、どのような理由なら、すべての辻褄が合うんだ⁉

いったいどうすれば――！

「あの、私……」

静かに、澄みわたる声で羽村が言った。

「犯人がわかりました」

7

「犯人がわかった!?」

驚きのあまり、風真は叫んだ。取り囲んだ人間たちの顔色も変わる。

落ち着け。わずかな発言でさえも、即座に視線を浴びてしまう。不必要な発言は混乱を生んでしまう。この空間にいる全員が、風真たちの一挙手一投足に注目しているのだ。

犯人の正体に、彼女は辿り着いたという。

「アンナ、俺はどうすればいい？」

装着した骨伝導イヤホンを使って、風真は小声で確認する。

『…………』

アンナの声が届かない。サーッというノイズがわずかに聴こえるばかり。

「おい、アンナ……！」

返事はない。さっきまで繋がっていたはず。最悪のタイミングで通信が途絶えてしまった。

たった今、風真は探偵として名乗りをあげたばかりだというのに！

「犯人がわかったって、本当なのか？」

風真がおろおろしているうちにも、話は進む。

「ええ、その通り。これが最後のチャンスです」

その言葉で、一同に安堵が広がっていく。このひどい状況から解放されたくて仕方がないようだ。

確かに最後のチャンスだろう。この機を逃せば、すべては破綻してしまう。

事件を解決して、物語に幕を下ろさなくてはいけない。

改めて風真は思う。

どうしてこんなことに……。

俺たちは、連続殺人に巻き込まれる——はずだった。もはや物語の行く末は誰にもわからない。張り詰めた静寂のなかで、全員が固唾をのんで見守っている。

犯人がわかりましたと彼女は言った。

その声は確固たる自信に満ちていた。

ならば自分もそこに懸けるしかない。アンナに頼れなくなったとしても、風真は役目を全うしなければならない。

立ち止まってなんかいられるものか。この場所に立っている者としての責任を果たす。

何が何でも、すべてを丸く収める。

千二百人みんなを納得させる解決に、辿り着いてみせる――！

「私からご説明してもよろしいでしょうか」

羽村が、凛々《りり》しい眼差しを風真に向ける。

その目は「信じて」と言っていた。言葉を発しなくても通じ合えるのが、役者同士なのかもしれない。

「いいでしょう」

風真は探偵役を譲ってサポートにまわる。「羽村さんの推理をお聞かせください」

依頼主を立てたいという想いもあったが、羽村の熱い視線に、風真は呼応したくなった。

「いったい犯人は誰なんだね？」

猪ヶ倉が言った。自然なセリフ回しが、物語のリアリティを補強してくれる。

「この事件の犯人は……」

力強く、羽村は指をさす。

「皇月ルリさん、あなたです」

客席の空気がぐっと引き締まる。解決編がはじまった。新たな想像で、物語が創造されていく。

「皇月さんは……久我さんのことが、好きなんですよね？」

「な、何を言うんだ！」

「いいわ羽村さん、続けて頂戴《ちょうだい》」

うろたえる久我とは打って変わって、犯人に指名された皇月の顔色は穏やかだ。涙の痕《こん》跡《せき》もない。彼女もまた、羽村と同じく腹を括ったのだろう。

「このオーディションは、演技のうまい人を選ぶものではなかったんです。いえむしろ、演技という仮面を剝ぎ取って、たったひとりの愛を確かめるために行われました」

客席のあちこちで疑問の息が漏れる。

愛を確かめるため？　どういうことだ？

羽村はどこに向かおうとしているのか……。

「まず私は、オーディションの主催者は皇月さんだという仮説を立てました。この場を取り仕切ることが多く、また、あなたは劇場を経営しており、自ら舞台の興行も手掛けている。オーディションと称して俳優たちを集めるための、手段やコネクションを持っていてもおかしくありません」

「そうね。このメンバーのなかでは確かに」

「あなたはそれを利用して、殺人を計画しました」

「さ、殺人？」久我が鼻で笑って、「信じられないな」

「狙われたのは、私、羽村美幸と、愛原愛衣花ちゃん」

「愛衣花が⁉　なんで？」

「前に皇月さんの舞台で、久我さんと三人で共演したことがありますよね？」

「うん、半年前かな」

「その時から、すべてがはじまっていました。

順を追って説明しましょう。ターゲットである私と愛衣花ちゃんのほかに、オーディションメンバーに皇月さんが選んだのは、久我さんと、俳優仲間のベテラン・猪ヶ倉さん、小劇場界の腕利き・黒瀬透さんでした。自分を含めた実力派の俳優陣なら、私たち若手女優ふたりに負けるわけがないという自信があったのでしょう。殺人オーディションによって私と愛衣花ちゃんを殺す——それが皇月さん、あなたの計画だった」

口を挟む者はいない。羽村の言葉に耳を傾けている。

「ところが、番狂わせが起こりました。黒瀬さんの代わりにオーディションにやってきた見知らぬ男……ハザマナオキさんの登場です。彼は無名の役者。どういうことなのかと怪しんだ皇月さんは、彼が巷《ちまた》で話題の探偵・風真尚希であることに気づきました。

さぞ皇月さんは震えあがったことでしょう。自らの犯行計画を嗅《か》ぎつけて、探偵がやってきたと。先にこの邪魔者を排除しなければ……そう考えていたところに、一日目のオーディションで絶好の機会が訪れます。ウインクキラーがいちばん下手だったのは風真さんだった。それはそうでしょう。風真さんは演技の素人、芝居の基礎技術を持ち合わせていないのは当然のこと」

観客の前で下手だと言われるのは傷つくなあと思いながらも、風真はやり過ごす。

「そうして一日目の夜、風真さんは殺されかけたというわけです。幸いにも、生き残ってくれましたが……」

言いながら、羽村が風真を見る。

「……ああ、命拾いしたよ」

彼女のパスに、風真も調子を合わせる。

「皇月さんが、ハザマ……風真をナイフで刺そうとしたってのか？」

久我が訝《いぶか》しげに訊いた。

「いいえ。不合格者を殺害するため、皇月さんは人を雇っていました。実行犯は、このビデオカメラを通じて、私たちの様子を見ていたことでしょう」

俳優たちが、ビデオカメラの置いてある設定の前方を向いた。多くの観客がびくっと身構える。

「実行犯は、別にいるのかね？」

猪ヶ倉も半信半疑といった様子だ。

「私は見ました。風真さんも目撃していますよね？」

「えっ。俺が目撃……ああっ！」

思わず風真は叫んだ。

何ということだ。ここにきて彼女は、新たな、いいや、最後の登場人物を出現させた。

「確かに姿を見た。刺されかけた時も、羽村さんが襲われかけた時も……」

俺だけじゃない。観客すべてが、実行犯の姿を目撃している。羽村の大胆な発想に息をのみつつ、「背の高い男だ」と目撃証言を重ねた。

視線が久我に集中する。慌てて風真は「違う、もっと背が高かった！」と付け加える。

言い方が悪かったのか、久我はぶすっとした。

「風真さんの証言からもわかる通り」羽村が補足する。「この館には実行犯として、私たち以外の人間が潜んでいたことになります」

そう。あのアンサンブルの新人俳優——彼は本来、黒装束を纏うことで「誰かはわからないが犯人」という記号的な存在だった。しかし、この物語のなかで生きる我々には、実際に館にいる、ひとりの人間として彼を扱うことが可能なのだ！

「風真さんが実行犯と揉み合った以上、再び狙うのは危険と判断した皇月さんは、次の手段に打って出ます」

「次の手段？」とぼけるような皇月。

「邪魔さえしなければ殺す必要はない。生きたまま監禁しておこう」

「あっ……！」

風真は大げさにリアクションをとる。

「風真さんを縛りつけて監禁しようと提案したのも、思えば皇月さんでした。ようやく邪魔者を排除して、二日目のオーディションがはじまります。ところが私は怖くて仕方ありませんでした。不合格になれば殺されるかもしれないと思うと、外郎売がうまく言えなくなった……」

「それで動揺していたのか」

猪ヶ倉が言うと、久我も「確かにあれはひどかった」と納得する。

「オーディションが終わり、ひとりの部屋に戻ると、不安で押し潰されそうになりました。風真さんは自室で襲われた。今にも犯人が私を殺しにくるのではないか……パニックになって私は外に逃げました。嵐がやんでいる、島から出られるかもしれないと、どこかに備えつけのボートがないか探しているところに、風真さんが来てくれたのです」

「ああ。犯人の残したナイフを使って脱出できたからな！　部屋を訪ねても羽村さんはいなかったし、館のどこにも姿が見当たらない。不吉な予感がした俺は、外に飛び出したってわけさ！」

すらすらと言葉が出てくる。

考えなしだったアドリブの行動に、ふたりで意味合いをつけていく。

「俺が羽村さんを見つけたとき、あの不審な男が背後から狙っていたんだ」

「風真さんが実行犯を追い払ってくれたおかげで、私は生き延びることができました」

「本当にギリギリだったよ」

羽村はまるでアンナのように、絶妙なアシストを寄越してくる。こんなかたちで彼女と推理をともにするとは思わなかったが、なかなかいいコンビじゃないかと感じた。

ここまでは順調だ。観客の見た芝居との整合性も取れている。

「しかし不可思議だな」疑問を呈《てい》したのは猪ヶ倉だ。「実行犯の姿を二度も見ておきながら、きみはなぜ黙っていたんだね？」

「いや、それは……」

風真は言い淀んでしまう。アンナを頼れないのが歯がゆい。

「何が目的で、このオーディションに紛れ込んだ？」

「ええと、だから……」

助けを求めて羽村を見ると、彼女は「任せて」とばかりに引き継いだ。

「昨日、彼は『ある目的』でやってきたと言いました。その目的とは……浮気調査だと思われます！」

「う、浮気調査ぁ？」

素《す》っ頓狂《とんきょう》な久我の声。この場にそぐわない言葉の響きが、場の空気を弛緩《しかん》させる。

「殺人を企てていた皇月さんが、自分の犯行がバレていると思い込んだのは仕方ありませんが、事件の匂いを嗅ぎつけてやってくる探偵なんて非現実的です。探偵といえば浮気調査でしょう」

風真は愕然《がくぜん》とする。やはり世間一般のイメージとはそんなものか。

「だけど浮気って」久我が問う。「いったい誰が……？」

「猪ヶ倉さん。あなた、愛衣花ちゃんと不倫していませんか？」

緩んだ空気はすぐに張り詰めた。

「な、何を突然……」

「私が実行犯に狙われたとき、同時に、もう一つの悲劇が起ころうとしていました。

風真さんと一緒に館へ戻る途中、崖の縁に立った愛衣花ちゃんを発見します。彼女は飛び降りようとしていた。まだ皇月さんに狙われていなかった彼女がどうして死を選ぼうとしたのか。風真さんは、己の演技力の無さに絶望して……と考えていたようですが、実はそうではなかった。

皆さん、先ほどの会話を思い出してください。愛衣花ちゃんは、猪ヶ倉さんにこう言いました。『ここから落ちてたらイタズラじゃ済まなかったよ？　あんたどうするつもりだったの？』と。そして『こんな状況、もうヤダ！』とも続けた。おふたりのやり取りは、ただの先輩後輩の関係には見えませんでした。風真さんの浮気調査の対象は猪ヶ倉さんで、愛衣花ちゃんはイタズラな不倫関係に悩んだ末に、自殺を図ったのではありませんか？」

「しょ、証拠がないだろう」

猪ヶ倉の額には汗が浮かんでいた。

息もつかせぬ怒濤《どとう》の展開に、客席もどよめいている。

「皇月さんに向かって『現場に色恋沙汰を持ち込むなんて、女優失格だぞ！』と諭した猪ヶ倉さんに、愛衣花ちゃんは『どの口が言ってんの⁉』とキレました。同じ事務所の先輩でありながら、未成年の自分に手を出したことを棚上げする猪ヶ倉さんを、愛衣花ちゃんは許せなかった——もちろん確かな証拠はありません。ですからお尋ねしているのです、いかがでしょうか？」

「そういった事実は……」

「今さら誤魔化すなよ。あんた愛衣花を何回もホテルに誘ったろ」

すぱっと愛原が暴露する。

「奥さんいるのも最初は隠してたからね。腹立ってきた、ぶっ殺してやりたい！」

またしても愛原の目が殺人鬼になっている。今から凄惨《せいさん》な事件が起きるのは勘弁してほしい。

「ま、待て。後できちんと話そう！」

白状したも同然だった。演技は達者でも、嘘をつくのがうまいとは限らないということか。こんなに面倒見のいいおじさんが、未成年に不貞を働いていたなんて……。

「客観的に見れば自殺未遂かもしれない」羽村はシリアスな調子で、「だけど愛衣花ちゃんは、猪ヶ倉さんに殺されかけたと言っても過言ではありません」

「ちょっと待って!」皇月はかぶせて、「でも愛原さんは、その……」

「はい。愛衣花ちゃんは久我さんに片想い中、ですよね?」

羽村が言うと、恥ずかしげにうなずく皇月。

「待って待って」すかさず愛原が嚙みつく。「何それ、どこ情報よー?」

「だってあなた、久我くんに散々ベタベタして……」

「あれくらい普通だって~」愛原は笑って、「スキンシップのレベルじゃん!」

「皇月さんは、愛衣花ちゃんを警戒したのではないでしょうか。久我さんを奪われるかもしれないと」

羽村の言葉に、皇月は頰を赤らめた。愛原が「やっぱりね~あたりキツかったもん」と追い打ちをかける。

稽古場での険悪なムードに裏に隠された、人間関係の縺《もつ》れが浮かび上がってくる。羽村を恋のライバルだと思っていたのは愛原ではなく皇月だったのか。

「それじゃあ、久我くんのことは……」

こわごわ尋ねる皇月に、「安心して~何とも思ってない」と呑気《のんき》に応える愛原。

「そんな……」

魂が抜けるように、がくりと皇月は膝をついた。

「私と愛衣花ちゃん――久我さんに言い寄る邪魔な女たちを排除したいという思いが、皇月さんを今回の凶行に走らせたわけです」

ここに至って風真は、羽村の思惑を汲《く》み取《と》った。

彼女は現実の人間関係を使って、物語の事件に幕を下ろそうとしている。

客席はどんどん騒がしくなる。静かな舞台鑑賞とは程遠く、ライブのような熱気を帯びていた。

「皇月さんに狙われる前に、危うく自ら命を絶つところだった愛衣花ちゃんですが、風真さんの説得によって悲劇は免れました」

「一夜にしてふたりの命を救ったわけだ」認めるような口ぶりの久我。

「ま、まあな」

風真はむず痒《がゆ》くなる。知らないうちに、俺って活躍していたんだなあ……。

「オーディションも三日目を迎え、犯行は失敗続き。ケンカもはじまって、もはや続行は不可能だと悟った皇月さんは、オーディションの中止を決意しました」

「だから」風真が言う。「もう降りますと言ったのか」

「はい。終わらせられるのは主催者だけですから」

「一つ、いいか?」久我が羽村に尋ねる。「そもそも実行犯って、誰なんだ?」

「それは――わかりません」

「わ、わからない？」

「おおよその想像はついています」一度言葉を区切ってから、「彼がいったい何者なのか……本人の口から語られなければ、真実には辿り着けません」

羽村は大きく息を吸いこんで、「お願いです！」と声を張り上げる。

「実行犯の方！　どうか姿を見せてください！」

静寂が劇場を包んだ。誰も出てこない。

「大丈夫！」なおも羽村は呼びかける。「今ならまだやり直せます！」

しばらくして新人俳優が姿を見せる。おおっと歓声が沸いた。

額の黒頭巾は捲《めく》られている。緊張した面持ちだが、堂に入った立ち方だ。

「ごめんなさい！」新人は床に両手をついて、「うまくやれば大きな舞台に立たせてやると皇月さんに言われて……役者としてチャンスを掴みたくて、俺はなんてことを……！」

アドリブとは思えないほど、鬼気迫る叫び。才能はあるのかもしれない。

「やっぱり……」

安堵するように、羽村が微笑みを見せた。

「風真さんは、彼の将来を案じて黙っていたんですね？」

「えっ、ああそうさ！　彼は将来が楽しみな青年だ。どうしても俺の口からは言い出せなった！」

「名前はなんというのですか？」

「マコトっていいます」羽村に新人が応える。「夢はテレビドラマに出ることです！」

「あなたの役者にかける情熱は本物のはず。これからの活躍にみんな期待していますよ」

客席を意識するような声の響き。ちょい役にすぎなかった新人俳優の売り込みすらやってのけた。

「以上が、この事件の真相です」

羽村が締めくくる。

「お見事だったわ。すべて、あなたの説明通りよ」

皇月の顔つきは清々《すがすが》しい。探偵にすべてを暴かれた犯人に相応しい佇まいだった。

「久我さんは」羽村が尋ねる。「皇月さんと、お付き合いされているのでしょうか？」

「それは……」

久我は答えに窮している。言葉を迷っているようだ。

「アタシはそう思ってたけど」皇月が呟く。「この人はどうかしら？」

「お、おい……」

「はっきりしないじゃない。いつも優柔不断で！」

「怖いんだよ。カノジョができたら、また叩かれるんじゃないかって！」

皇月に引っ張られたのか、久我も開けっ広げに返した。

「週刊誌に載ったときだって、ちゃんと抗議すればよかったでしょ」

「『フライデー』のことは、ごめんなさい」羽村が頭を下げて、「私と久我さんのことで、誤解を生んでしまいました。あの報道は間違いです。手を繋いだりもしていません」

「ええ、久我くんから聞いてるわ。だけど彼はまだ、あなたに未練ありそうなんだもの」

「私たちは二年前に別れました。ここではっきりと伝えておきます」

淀みのない宣言。毅然《きぜん》とステージに立つ彼女は美しかった。

「もっと早く知りたかった」皇月は自嘲《じちょう》気味に笑って、「でも悪いのはアタシね。一方的に嫉妬して、暴走してしまった。犯した罪から逃れることはできない」

一同に頭を深々と垂れてから、「自首します」と冷たい声を響かせる。

「皇月さん」羽村は思《おも》い遣《や》るように、「あなたは、久我さんの愛を確かめたかったんですよね？」

「どういうことだ……？」

うろたえたのは久我だった。

「オーディションで本当に人が殺されていく。そんな極限の状況に陥ったとき、久我さんは自分を守ってくれるだろうか。一緒に生き残ろうと言ってくれるだろうか。今回の計画には、そんな想いが込められていたんだと思います」

羽村の言葉を聞きながら、久我は皇月を見つめている。

「……いつも不安だったわ」

長い沈黙のあとに、皇月が静かに口を開く。

「だって久我くんは人気俳優。たくさん可愛《かわい》い子と共演するし、若い女が絶えず寄ってくる。年上のアタシは自信が持てなくなった。考えれば考えるほど、久我くんが離れていくんじゃないかって思って、どうかしているわね……だからってこんな、こんなひどいことを企てるなんて……」

「それほどまでに、皇月さんは追い詰められていたんですね」

皇月は俯《うつむ》いたまま応えない。

「ルリさん！」

何かを吹っ切るようにして、久我が大きく前に出た。

ふたりが向かい合う。

「僕はオーディション中、ルリさんが殺されるとは想定しなかった」

「それは……どうして?」

「きみの芝居は本物だ。僕なんかより才能あるし、むしろ殺されるなら僕だって、昨日から焦ってたよ。ルリさんを残して死ぬわけにはいかない。だから本気で、もちろんいつだって本気で僕は舞台に立ってきたけど、最後まで絶対に食らいついてやると思った。ルリさんとふたりで生き残るために!」

皇月の瞳が潤んでいく。

「今まで言葉足らずだった。だけど信じてほしい。僕は同じ俳優としてルリさんを尊敬している。そして、ひとりの女性として――」

いつになく真剣な久我の表情には、誠実さが溢れていた。

「愛しています」久我は右手を出して、「ちゃんと付き合おう」

「久我くん……」

久我に優しく抱きしめられる皇月。

急展開を前に、風真は口を開けてその光景を眺める。

「えーっ、やば! 公開告白じゃーん!」

手を叩いてはしゃぐ愛原につられて、前方の客席からも拍手が聞こえた。拍手は徐々に増えていき、あっという間に客席全体に広がった。

その喝采《かっさい》は心からの祝福のように、風真の耳を揺らした。

「気持ちは嬉《うれ》しいけど」皇月は久我から身体を離して、「アタシの手は汚れています。何年も塀の外で待たせるわけにはいかないの」

悲恋の予兆が、劇場内の空気をひりつかせる。

こんな終わり方でいいのだろうか。いや、よくない！

「自首する必要はない！」

己の心に素直に従って、風真は想いを述べる。

「本当は、殺す気なんてなかった。そうでしょう？」

「え……」

戸惑う皇月の横で、羽村が「誰も死ななくてよかった」と呟いた。

「そうだよ」風真は続ける。「今こうして俺が生きていることが何よりの証拠だ。迫真の演技だったな、すっかり騙されかけたよ！」

「アタシは……」

「役者なら、舞台に立ち続けてほしい。これからもいい芝居を観客に届けてくれ！」

皇月の頬を、一筋の涙が流れていく。

「……ありがとう」

劇場のいたるところで、すすり泣きが生まれた。

終わりが近い。風真はそう直感する。

「幕引きといきたいところですが、まだ終わりではありません」

羽村は改まった様子で、猪ヶ倉の前に立った。

「謝ってください」

「は……？」

「謝ってください」わなわなと震えながら、「愛衣花ちゃんは、あなたのせいで死にかけたんです」

みるみるうちに猪ヶ倉は萎《しぼ》んでいった。目を逸らそうにも、千二百人の視線から逃れることはできない。

「申し訳、ない……」

「謝る相手は私じゃない」

猪ヶ倉が愛原のほうを向いて、「すみませんでした……」と、蚊の鳴くような声を出す。

パァン――！

乾いた音が響いた。愛原の盛大なビンタを食らって、猪ヶ倉がごろんと床を転がる。

水を打ったような静寂。風真も固まってしまう。

「これでおしまい」

愛原が言った。即座に拍手が沸き起こる。単純明快な武力制裁は、観客の心を摑んだようだった。

羽村は風真の背中を押して、ともに舞台のセンターに立つ。

「すれ違いや隠し事によって、人間関係は拗《こじ》れてしまった。それを解き明かすきっかけをくれたのは、他ならぬ風真尚希さんです！」

「そ、そうだ、やはり俺こそが真の名探偵！」

「誰も死ななくてよかった！」

羽村は正面を向いて、すべての観客に語りかける。

「私たちは生きている。これからもステージで輝ける。俳優は舞台を観てくださるお客様のために、命を削るような思いでステージに立ちます。ショーマストゴーオン。どんなことがあっても私たちは続けます。どうか皆さま、その生き様を見守ってください」

最後のピースが嵌《は》まるような、見事な決めゼリフ――。

その時だった。

まばゆい光が劇場いっぱいに満たされる。

客席が明るい。照明スタッフが機転を利かせたのか、客席の明かりが一斉に点灯した。

前方の席から人々が立ちあがり、それは波のように伝播《でんぱ》して、壮大なスタンディングオベーションとなった。

フィナーレに相応しい、圧倒的な光。

ステージと客席は等しく照らされ、優しく溶け合っていく。

『サイコーです！』

イヤホンが繋がった。やっと直ったのか。アンナの声は熱を帯びている。

『第四の壁が破られましたね』

第四の壁——聞いたことがあった。それはステージと客席を隔《へだ》てる一線。

フィクションのなかを生きる俳優たちと、現実世界に留まる観客たちは、本来は見えないラインで分けられている。だが、今ここにそんなものはない。語られた真実が、物語として観客に受け入れられ、物語と現実が混じり合ったリアルな熱狂に、全員が引きずり込まれたのだ。

知らないうちに共演者たちが頭を下げている。慌てて風真もお辞儀する。

カーテンコール。劇場は拍手《はくしゅ》喝采に包まれる。最後まで異変に気づかなかったであろう観客を前に、風真は胸をなで下ろした。

「ご来場頂きまして、誠にありがとうございました！」

羽村が客席に向かって叫んだ。

ゆっくりと緞帳《どんちょう》が下りてくる。誰も死なくてよかった。血に濡《ぬ》れていない床面を見つめながら、風真は思う。

守り抜いた。芝居も、人も、人の想いも。

羽村美幸は、風真のとなりでステージに立っている。

8

舞台袖に退場しても、拍手は鳴りやまない。

再び登板してのダブルコール。そしてトリプルコール。客席の熱気はさらに高まっていく。

終演のアナウンスが流れて、ようやく風真たちは舞台裏に帰還する。

終わった。最後までやり切った……！

「ブラボー、風真さん！」

楽屋入口の前でアンナが出迎える。「いやあ～見事なお芝居でした～！」

「よせよ、恥ずかしい」

自然と足取りも軽くなる。褒められて悪い気はしない。

「だけど結局のところ、脅迫状の犯人は――」

言いかけたところで、「役者集合だってよ」と久我が声をかけてきた。

「プロデューサーが呼んでるって」

急いで衣装を着替え、アンナも連れてスタッフ用の大部屋に向かう。

すでに公演関係者が集まっていた。宇田川プロデューサー、演出家の韮沢、演出部の佐々木、舞台監督に音響・照明スタッフ、衣装さんにメイクさん、尾松をはじめとするマネージャーたちも勢ぞろい。

「何なんだこれは！」

開口一番、声を荒らげたのはプロデューサーだった。

「どういうつもりだ、ゲネプロと全然違うじゃないか！」

押し寄せる重苦しい空気。顔を真っ赤にして唾《つば》を飛ばすおじさんを前に、身体の熱が引いていく。まるで夢から覚める心地だった。

「好き勝手しおって、どう責任取るつもりなんだ！」

興行主の怒りは当然に思える。あわや舞台は大失敗に終わっていたところだ。

風真は一歩、前に出る。すべては自分のはじめたアドリブのせいだと、謝罪を口にしか

けたところ、

「最善は尽くしました」

羽村が言った。

「こうなったことに後悔はありません」

はっきりとした物言いに、宇田川が「しかしだねえ」と苦い顔をする。

「舞台は生もの、アクシデントはつきものです。お客さんには、最後まで舞台を楽しんでもらえたと思っています。私たちは役者として精いっぱい……けほっ！」

咳《せ》き込《こ》んだ羽村が言葉を切る。

「……すみません、飲み物を取ってきてもよろしいでしょうか」

申し訳なさそうに言った。喉がカラカラなのだろう。

「自分、行ってくるっす」

佐々木が動きかけるも、「いえ私が！」とアンナが率先してドアに向かう。何も部外者が使い走りをしなくてもいいだろうと風真は思うが、軽快に飛び出していく。

愛原が「面会のお客さんがいるんだけどー」と不満をこぼすと、久我も「終わったばかりだから休ませてよ」と意見した。

宇田川は「そんな場合か！」と解散を許さない。

居心地の悪い時間がはじまりそうだと思ったのも束《つか》の間《ま》、アンナと入れ違いで現れたスーツの二人組に、風真は驚かされる。

「警察だ！」「話は聞かせてもらった！」

神奈川県警の刑事、タカとユージだった。

「タカさんたち、どうしてここに……」

「俺が連れてきたんだ」

ふたりの背後から栗田が顔を出す。

『私がお願いしました』

アンナが部屋の外から骨伝導イヤホンを使って知らせる。前もって刑事たちも手配していたのか。結局栗田に自分の演技を観られたことについては、目を瞑るほかない。

「警察？」「なんで？」

疑問の声がスタッフからあがった。俳優たちも警戒の色を見せている。

「皇月ルリ。殺人未遂罪、脅迫罪、及び威力業務妨害罪の疑いにより逮捕する」

「っておい、待て！」

風真は手錠を取り出したタカを制する。

「あとは我々に任せておけ」

ユージが風真を押しのける。

厄介なことになってきた。芝居を観たふたりは、皇月を容疑者だと思い込んでいる。

「アタシは何もしてません！」

皇月が刑事たちに抵抗を示した。

「そ、そうです！」風真は割り込んで、「あれはもちろんフィクション、舞台上の物語にすぎない！」

「何ぃ？　また別に犯人がいると言うのか？」とタカ。

「こっちは脅迫状の件で相談を受けたんだ」とユージ。

「脅迫状？」久我が首をかしげて、「何の話なんだ？」

『風真さん、ようやく出番ですね』

「そのようだな」

風真は部屋の中央に躍り出る。

俳優としての出番が終わり、ようやく探偵としての出番がやってきた。

「この世に晴れない霧がないように、解けない謎もいつかは解ける。解いてみせましょう、この謎を」

探偵・風真尚希。本領発揮といこうじゃないか！

「さあ真相解明の時間です。この舞台の裏で暗躍した、本物の犯人についてお話ししましょう」

観客には見せられない、真の解決編をはじめる。

「はじまりは一通の脅迫状でした」

「風真さん、それは……！」

尾松が宇田川の顔色を伺う。宇田川の口元が歪んだ。

「ここまできたら」風真は構うことなく、「正直に話したほうがよいでしょう。脅迫状を受け取ったのは――羽村美幸さんです」

一同がざわめいた。

「実物はここにある」

栗田が胸元から取り出して、文面が見えるように頭上に掲げた。

「聞いてません」皇月は責め立てるように、「そんな物騒なものがあったなんて」

「プロデューサーに口止めされていたようです。大ごとにしたくないと」

風真の言葉で、宇田川に非難の眼差しが集中した。

「ど、どうせイタズラだろうと……」

「私は探偵として」弁明を遮って先に進める。「羽村さんを警護するために雇われました。何の因果《いんが》か、こうして役者もやらせて頂いたわけですが」

「ほ、本物の探偵だったのかよ」久我が目を見開く。

「犯人は舞台の本番中に、羽村さんに危害を加えることが予想されました。ですが脅迫状の妙な言い回し、引っかかりませんか？」

「舞台を降りろ。さもなければステージが血に染まる」愛原は声に出してみてから、「よくわかんない」

「そう、よくわかりません」

「えっ？」

「実に遠回しな表現です。死ぬとか殺すとか、効果的な脅し文句はいくらでもある。よく読んでみると、羽村さんを傷つけるとは一言も書いてないのです。ほかのキャストが狙われるかもしれませんし、血に染まるだけで人を殺すとまでは言っていない。

稽古中に、出演予定だった黒瀬さんが怪我をした。舞台セットの崩落というアクシデント、あれは二階部分を支える木材に切り込みを入れることで人為的に起こされた事故であることは調べがついています。これについては改めてご説明しましょう。

私は黒瀬さんの一件で、羽村さんだけがターゲットとは限らない、犯人には別の狙いがあるのかもしれないと考えました」

無論、アンナが事前に気づいてくれたおかげである。

「そうして迎えた今日の本番ですが、観客が観ているなかで直接行動を起こせば、犯人に逃げ場はありません。稽古スタジオ同様、事故に見せかけた罠を仕掛けてくる可能性が高い。結論から言えば今回の事件──犯人による罠は二つ。狙われた俳優は大怪我を負うか、最悪の場合は死に至って、舞台はすぐに中断するところでした。もっとも、私のアドリブによって罠は回避させて頂きましたが……」

「罠ってのは何のことだ⁉」

ユージが先を急がせる。

「まずは第一の事件から」風真はペースを崩さない。「犯人は、お芝居の台本に沿って計画を練りました。物語のシナリオ通りに、本当に演者を殺してしまおうというものです」

「どうしてわざわざ、そんなことを？」羽村が尋ねる。

「そのほうが、事故に見せかけやすいからでしょう。私はナイフで殺されかけました。使い古された手ですが、犯人は小道具のナイフを本物にすり替えた」

言いながら「犯人」の様子を窺う。わずかに眉が動いたように見えた。

「ナイフを実際に使うのはアンサンブルの新人俳優。彼は熱意のあまり、加減を知らない演技をしてしまう傾向にある」

新人は「ごめんなさいっ！」と頭を下げた。

「通し稽古の時みたく、本気でナイフを振り下ろすだろうと犯人は予測した。抵抗しなければ私の心臓には穴が開いていましたよ。すり替えた小道具のナイフを再びプリセットテーブルに戻しておけば、本物のナイフの出どころはわからなくなり、新人くんに罪をなすりつけられる……何とも汚いやり口です」

新人の顔は引きつっていた。当然だろう。危うく殺人者になるところだった。

「どうやってナイフが本物だと気づけたの？」皇月が問う。

「奪い取ったときに重かったのと、落として床に刺さったからです」

「でも本物だって知ってないと奪わなかったんじゃない？」

「そ、それは――」

先にアンナが危険を知らせてくれたとは言えない。

『光です』

「そう光だ。ナイフが光ったんです！」

「あっ」猪ヶ倉が声をあげた。「梨地《なしじ》が貼ってなかったのか！」

「なしじ？」

首をかしげる愛原に、猪ヶ倉が「小道具に貼る、半透明のビニールテープだ」と応える。

「割れないようにグラスの内側に貼ったり、客席に光が反射しないように刃物の表面に貼ったりする」

芸歴の長い俳優らしい、流暢な説明に一同がうなずいた。

「小道具のナイフには、その梨地が貼られていたので光沢はありませんでした。ところが、いざ本番で用いられたものは、薄暗い照明のなかでも刃が煌めいた。私はナイフのすり替えに気づいたわけです。

そして第二の事件も、台本通りに愛原さんが狙われました。その罠は、ええと……」

何だっけ。聞きなれない舞台用語をド忘れする。

『場ミリ！』

「場ミリテープだ、思い出した！　こちらは単純な仕掛けです。愛原さんが舞台上での立ち位置を憶えられないのは、日々の稽古を見ていれば明らかで、犯人はそれを利用した。彼女が場ミリを頼りに暗がりでスタンバイにつくのなら、蓄光テープの位置をずらしておくだけで事足りる。ゲネプロが終わった後、本番がはじまる直前にテープは貼り換えられた」

「それじゃあ」皇月は真っ青だ。「あの時、風真さんが止めに入らなければ……」

「舞台セットから転落していたでしょう」

本当の意味で、命が救われた瞬間だった。

「場ミリのずれなんて、よく気づけたな」

猪ヶ倉が感心するように唸った。暗転中に蓄光テープは光る。アンナだからこそ、わずかな光でも客席にいながら見落とさなかった。すべての蓄光の位置をゲネプロの時点で憶えたに違いない。まったく恐ろしい洞察力と記憶力だ。

「ドッキリじゃないとか、あり得ない」

愛原が低いトーンで言う。「どいつが犯人なんだよ⁉」と風真に迫った。

「小道具ナイフのすり替えに、場ミリテープの貼り換え。これらの罠は、今回のお芝居をよく知る者でなければ思いつきません。出演者はもとより、稽古の段階から関わっている者、稽古を観ることができた者に限られる」

「このなかの誰かというわけか」顔をしかめる久我。

「ナイフが本番直前まで小道具のままだったのは、新人くんが証言しており、私も実際に舞台袖で現認しています。そして開演すると、私が狙われる夜のシーンまでは、役者全員がステージに出ずっぱり。ナイフをすり替えられるのは、その時間に舞台裏を動き回ることができた人間に限られる——演出部の佐々木さん、あなたなら可能だ」

凍《こお》りつくような一瞬がおとずれる。

「何のことっすか？」

佐々木陽菜は、ポカンとした笑みを浮かべた。

「そんなので、うちって決めつけられるのは心外っす！」

「確かにそうかもしれない」

『そうかもしれなくない！　場ミリの貼り換えタイミング！』

「……でっ、でしたら佐々木さん、場ミリはどうでしょう。開場時間の直前、私はあなたがステージにいたのを目撃しています。客席後方のＰＡブースのスタッフ方も目撃されていますよね？」

「佐々木が掃除機をかけていたな」

音響スタッフが証言する。「それなら私も見ました」と、照明スタッフも加わった。

「ステージに掃除機をかけるのは、演出部の役目なんで！」

「ほかに誰か、その時間帯に二階に上がりましたか？」

風真が問うと音響スタッフは「いいや」と答えた。

「佐々木さん。ゲネプロが終わってから開場までの間、俳優たちはメイク直しや衣装の着替えに追われ、楽屋に缶詰めでした。私を除いて、役者は誰もステージには来ていない。

おまけにセットの二階に上がったのは佐々木さんだけ。そのタイミングで蓄光テープを貼り換えたわけですね」

「ナイフも場ミリも、うちがやれたかもしれない。でも……」

佐々木の様子が変化する。「絶対にうちがやったという証拠はないっすよね？」と開き直るように言った。

彼女の言い分はもっともだ。ひとりしか犯行に及べないからといって、その人物が犯人という確証には至らない。

何か、決定的な証拠は持っていないのか……⁉

「お待たせしました！」

意表を突かれて一同がドアを見る。アンナが戻ってきた。

「薫《かおる》、お前も来てたのか」

「下の名前で呼ばないでくださいタカさん」

女性刑事、小山川《こやまかわ》薫も一緒だ。強面《こわもて》の鑑識官まで後ろに控えている。同じく我らがネメシスに呼ばれての臨場だろうが、神奈川県警には随分と信頼されたものだ。

「鑑識のお出ましってこたあ」ユージが目を細めて、「何かあるんだな？」

「水をお持ちしました」

アンナがペットボトルを掲げる。

「舞台袖に置かれた、美幸さんのペットボトルです」

「ああ、あああ……」

ラベルを剝がした何の変哲もない代物だが、佐々木の顔から血の気が引いていく。

「ありがとうございます」

受け取った羽村に、「飲まないで！」と風真は制する。

「飲めば無事では済みません」

この場にいる全員に緊張が走った。

「そうですよね、小山川さん？」

「はい。飲み口から微量のアコニチン——トリカブトに含まれる毒成分が検出されました」

幾重にも重なる驚きの声。

「微量とはいえ」鑑識官が付け加える。「摂取して十分も経てば呼吸すらままならず、最悪の場合は死に至ります」

「やはり……」

殺人が起こっていない現場で鑑識の力を借りるとすれば、毒薬物の線が濃厚である。

「待ってください。私、その水を飲んでます！」

「え……!?」

よく見ると、確かに中身は減っていた。

「開演してから、風真さんが襲われるあたりで一回」

「数少ない給水ポイントだな」久我が補足する。

「ええ。それ以降はバタバタして無理でしたけど」

「身体に異常はないのか!?」

心配げな久我に、「今のところは……」と羽村が応える。

「美幸さん」アンナが言った。「ボトルキャップを確認してください」

「キャップですか？」

と、飲み口を見つめる。

「マジックで書かれたあなたの文字。いかがですか？」

「文字……あっ！」羽村は目を丸くして、「これ、私の字じゃありません。似せて書いてあるけど……」

「おい探偵、どういうことだ!?」

タカの言葉で、再び風真に注目が集まる。

風真の背後に回り込んだアンナが、「証拠はポケットのなか」と囁いた。

「さあ幕引きといきましょう」風真は羽村からペットボトルを受け取り、「これも稽古場で考案された、万が一に備えての罠でした。事故に見せかけた二つが失敗した場合の、いわば保険です。佐々木さん、そのポケットにあるものを出してください」

「な、何をっすか？」

その声はうわずっていた。

「ペットボトルの蓋です」

言うと、佐々木が目を逸らす。

「軽率にゴミ箱に捨てるわけにはいきませんからね、後で処分するために持っているはず。黒マジックで羽村さんの名前が記されていたら、犯行の揺るぎない証拠です」

「い、意味がわかんないっす！」

「毒成分は飲み口からのみ検出されました。水分中には含まれておりません」

小山川がそう裏付ける。追い風だ。風真は一気に攻め込む。

「二つの罠が失敗に終わった時点で、あなたは羽村さんの袖水ペットボトルのキャップを、内側に毒を塗ったものに交換した。解決編がはじまる前に舞台袖に戻って、羽村さんが必ず口をつけると予測してね。彼女が水をガブ飲みすることは、スタジオにいた誰もが知っています。本来、劇中で殺されるシーンのない羽村さんですが、脅された張本人が最後に狙われてもおかしくありません。仕掛けるならここでしょう」

「まわりくどいな」ユージが疑わしげに、「毒を溶かした水の入ったペットボトルにすり替えたらいいじゃないか」

「犯行までに、羽村さんがどれだけ水を飲むかは読めません。ボトルごとすり替えて急に満タンになったら奇妙ですからね、キャップの交換くらいが妥当です。いずれにせよアドリブ劇が続いて、水分補給ができなかったのが幸いでした。一歩間違えば、彼女はステージで血を吐いて倒れ、舞台は失敗に終わるところ――」

カツンと、乾いた音が鳴った。

投げられたボトルキャップが床を転がる。

「もういい……完敗っすわ」

佐々木が言った。

「本物の探偵がいるなんて、聞いてないっすよ」

「佐々木、さん……？」

受け入れられないといった羽村の呟き。彼女だけではない。誰もが何と言っていいかわからずに、誰かの次の言葉を待つような沈黙が続いた。

「佐々木ぃ！」

ふいに宇田川が怒鳴った。「なんでこんなことをした！」

佐々木は応えない。

「復讐《ふくしゅう》なんですよね？」アンナは言う。「この会社について調べさせて頂きました。ブラック企業ぶりは業界内でも有名らしいですね。今回にしても、公演規模にしてはスタッフが少ないように思えます」

「口を出される筋合いはない」

宇田川は目を泳がせる。

「人件費を削減するあまり、佐々木さんが負担を強《し》いられているように見えました。疲れ切った彼女は、精神的に追い詰められたのではないでしょうか？」

俯いたまま、佐々木は肩を震わせている。

何も言いたくないのかもしれない。

「佐々木さんの狙いは」アンナから引き継いで風真は語る。「この舞台を台無しにして、興行主に金銭的なダメージを与えることでした」

佐々木の代わりに話すしかない。探偵には、幕引きを果たす責務がある。

「脅迫状によって羽村さんを降板させる。主演の交代ともなればチケットの払戻額は相当なもの、公演中止なら被害額はさらに甚大だったことでしょう。ですがプロデューサーは脅しに屈さず、羽村さんもまた、舞台に立ちたいと願って譲らなかった。

佐々木さんは次に、舞台セットを故意に崩落させました。あなたは稽古スタジオで『朝から晩まで会社にこき使われてますわー』と言った。あの日も最後まで残っていたのは、私と助手を除けば佐々木さんだけ。昼夜を問わずスタジオで作業に明け暮れていたあなたなら、誰にも見つかることなく舞台セットに細工を施せたでしょう。

ですが、黒瀬さんが負傷しても舞台は中止されなかった。稽古を見ながら、あなたは舞台本番での犯行計画を練りはじめる。本番中のアクシデントによって、会社により大きな損害を与えるために——そうですよね？」

「はい……」

佐々木が床にへたり込む。

「すべて、風真さんの説明通りっす」

「……許さん、許さんぞ」

一向に引き下がらない宇田川。

「佐々木さんは、過酷な労働環境に苦しんでいたんですよ？」

「黙れ素人が！」諌める風真を見ようともせず、「今回の件で被った損害はすべてお前に補償してもらうからな！」と佐々木を恫喝《どうかつ》する。

「もうやめてください！」

羽村が声を振り絞った。

「この舞台のために、佐々木さんは頑張ってくれていました。それなのに、すべての責任をなすりつけるのは違いませんか？」

「犯罪者を庇うのか！」

「みんな、夢をもってこの業界にいるんです。その気持ちを裏切らないで」

「あはははは っ」

乾いた笑い声が、虚しく反響する。

「夢ぇ？」ゆらりと佐々木が顔をあげて、「あんたに何がわかるんすか？」

虚《うつ》ろな目で、諦めるように嗤《わら》っている。

「こっちは夢も希望もないんすよ。ろくにギャラも出ないのに裏方は散々こき使われて、脚光を浴びるのはいつだって俳優たち。現場で付き合ったり別れたり、好き放題やってるくせにステージに立って輝いてる。うちみたいな日陰者は、大人に搾取されるだけ……。どいつもこいつも、少しは痛い目に遭ったらいいんだ。頑張っても報《むく》われない世界なんてクソ食らえ！」

つらつらと呪詛《じゅそ》が吐き捨てられていった。

「そんなことはありません」

羽村は逃げない。佐々木を真っすぐ見つめたまま、「努力は必ず報われる。佐々木さんに支えられて、私たちは今日という日を迎えたんです」

「はっ、寒いんすよ」佐々木が舌打ちする。「努力したって限界はある。あんたはいいっすよね、恵まれてて。若さとオンナを武器にコネで仕事がもらえるんだから」

羽村の顔が強張った。

こころの奥に深く刃物が刺さったように、表情が崩れる。

「……そうですよね。私なんて所詮《しょせん》、コネでここまでできただけで」

打ちひしがれる羽村を見ながら、風真は言いようのない感情に襲われる。

「違う！」

風真は叫んでいた。我慢できなかった。

「あなたの出演はコネではありません！」

「風真さん……」

「一緒に芝居をした俺にはわかる。『リアリティ・ステージ』は、あなたが実力で勝ち取った主演舞台です。努力を重ねてきたから今がある。それは偽りのない真実だ！」

憶測にすぎない。構わなかった。根拠がなくても思ったことを伝えたかった。

「ありがとうございます。でも私は……」

「羽村」尾松だった。「風真さんの仰《おっしゃ》る通りだ」

ずっと黙っていた彼が口を開いた。

「きみは本当に努力して、これまで何度も悔しい思いをしながら、諦めずに夢を追い続けた。私はずっと、その姿を見守ってきたつもりだ」

初めてみる、尾松のマネージャーらしい顔つき。

羽村は返答する代わりにうなずいた。女優さんとマネージャーの絆、という言葉を風真は思い出す。

「佐々木くん。私の話を聞いてほしい」

尾松が佐々木に歩み寄って、屈《かが》み込《こ》んだ。

「舞台というのは――」

等しい目線で語りかける。

「舞台というのは、役者だけでやっているわけではない。たくさんの人が力を合わせて作り上げる総合芸術だ。きみのようなスタッフがいなければ幕は上がらない。私も表には出ないマネージャーだが、自分を日陰者と思ったことは一度もない。ステージに表舞台も舞台裏もない。輝いて見えるのはステージではなく、そこに立って懸命に生きる、一人ひとりの人間なんだ。それだけは間違えないでほしい」

耳を傾けながら、佐々木は声をあげて泣いた。

「宇田川さん」

尾松はプロデューサーに向き直り、頭を下げる。

「どうか二度と、このようなことが起こらないよう、スタッフの人員拡充や待遇改善を願います」

プロデューサーは咳払いをしてから、「考えておく」と言った。

「やったね、ギャラあがるかもじゃん」

沈鬱な空気が、愛原の一言で和らいだ気がした。

風真も望む。変化は少しずつだとしても、旧態依然とした芸能界のシステムが改善され、不利益を被る者がいなくなることを……。

頃合いと踏んだのか、タカとユージが動いた。佐々木も大人しく付き従う。

ごめんなさい。

そう聞こえたように思えた。風真の気のせいかもしれない。佐々木は警察に連行されていく。

風真は羽村を見た。

ステージを降りてもなお、誇りをもって彼女は力強く立っている。

「ところで明日からどうするんだ？」

久我の言葉で、風真は我に返った。

「あんなアドリブ毎回できるわけないだろう」

ごもっともだ。風真も細かく記憶してはいない。あの瞬間だからこそ繋げられた奇跡にすぎなかった。

「みんな、いいかな？」

おずおずと手を挙げたのは演出家の韮沢つるぎだった。

「今日の芝居だが、正直に感想を言わせてほしい……めちゃくちゃ面白かった！」

韮沢は声を弾ませて、

「先の読めない展開、嘘か本当かわからないセリフの応酬。あの緊迫感こそが『リアリティ・ステージ』に求めていたものだ。記録映像は撮ってある。今日中にセリフを書き起こすから、その台本で、明日も同じように上演したい！」

「あ、明日までにセリフを憶えろって⁉」

愕然とする皇月に対して、「余裕じゃん」と愛原が笑う。「アイドル現場のほうが全然時間なかったし」

「舐《な》めないで頂戴」皇月も火花を散らす。「本番前日に台本が届くなんてしょっちゅうよ」

見慣れた光景だが、どこか互いに認め合う雰囲気があった。

「私は、また明日も謝るのか……」

へなへなと猪ヶ倉がしゃがみこむ。

「ビンタ一発で許すのは甘いよねー」愛原は意地悪な笑みを浮かべて、「明日も同じように謝ってね」

「そうか、そうなるのか！」

思わず風真は笑った。舞台は今日が終わりではない。明日も明後日も上演される。千《せん》秋楽《しゅうらく》を迎えるまで、この物語は終わらずに繰り返される。

猪ヶ倉はステージで謝り続ける。毎日が公開処刑。愛原も溜飲《りゅういん》が下がるだろう。

ふふっ、ははは と、共演者も笑いはじめた。遅れてスタッフたちも苦笑する。

「明日も誠意を尽くすことですね」

久我が茶化した。全員がどっと沸いた。

「やるしかない。ショーマストゴーオンだろ？」

風真が言うと、「素人が偉そうに」と久我に小突かれた。

「私は、最後まで皆さんと一緒に舞台に立ちたい」

羽村が頭を下げる。

「明日もよろしくお願いします！」

元気いっぱいの叫びに、「「「よろしくお願いします！」」」と力強い声が重なった。

舞台は止まらない。明日も明日の幕が上がるだろう。

「間もなく退館時間でーす」

劇場警備員に告げられて、慌ただしく解散となった。

「よかったですね、みんな仲直りできて」

「そうだな」

アンナに応えながら、風真は連れ立って帰っていく俳優たちを眺める。

ようやく、みんなの心が一つになったように思えた。

「風真さん？」

「どうした、帰るぞ？」

アンナと栗田に促《うなが》されるも風真は動けない。一気に肩の荷が降りてしまう。

終わった——。犯人を暴き、事件は解決したのだ。しかし……。

「もう、しっかりしてください！」

アンナが背中をバシンと叩く。

「痛いっ！」

「しみじみしちゃってー、たった一日で燃え尽きちゃったんですか？」

「そんなんじゃないさ」

風真はステージでの熱狂を思い起こす。

ラストシーンは演技とはいえなかった。俳優たちが本音でぶつかり合い、その緊迫した熱が観客に受け入れられた。リアルがフィクションへと昇華された。

「だけど俺は、本来の芝居を壊してしまった」

結果として舞台は破綻しなかったものの、自分のアドリブのせいで物語の結末は変わってしまった。

そんなことをして本当によかったのだろうか……？

「きっと」アンナは言う。「こうなる流れだったんです」

「流れ？」

「物語というものは、一つの大きな流れです。語られる内容が変わっても、演者が変わっても止まることはありません。誰かが言葉を発すれば、必ず誰かが返してくれる。人と人とのコミュニケーションがそのまま物語になっていく。まさに経験したでしょう？」

「それは、そうだけど……」

「私にはちゃんと結末が見えてましたよ？」

「えっ？」

「風真さんは、ひとりで好き勝手にやったと思ってるみたいだけど――」

「皆さま、ありがとうございました」

気がつくと、そばに尾松が立っていた。羽村も連れ添っている。ほかの俳優とスタッフはもういない。

「羽村も明日から心置きなく、ステージに立てるでしょう」

「私からもお礼を言わせてください」羽村が風真の手をとって、「この度は本当にありがとうございました」

「いえ、そんな……！」

手のひらの温かさに風真は照れてしまう。

「依頼には必ず応える。それがネメシスですから！」

栗田が朗々と言ってのける。俳優と探偵を兼ねて二倍の働きをした俺のことも、労《ねぎら》ってほしいものだ……。

「そうだこれ」手を離した羽村が耳から何かを取り外して、「お返しします」

アンナに差し出された手には――。

「骨伝導イヤホン⁉」

風真は驚きを隠せない。俺たちの秘密道具を、どうして羽村が持っているんだ？

「本当に助かりました。最初はどうなることかと思いましたけど」

「うまくいきましたねっ！」

「アンナさんのおかげです」

「言ったじゃないですか～。困ったときは助けるって！」

「ええ。最高の即興劇《エチュード》でした」

羽村とアンナが笑った。まるで息の合う共演者のような距離感。

「風真さん、明日もよろしくお願いしますね。セリフは完璧に憶えてきますから！」

「あ、ああ……」

羽村は一礼して、尾松とともに部屋を出ていった。

「いつの間に、そんなの用意していたんだ？」

イヤホンを握ったアンナに尋ねる。

「星《ほし》さんに頼んでもう一個、増やしてもらいました」

事務所の机にあったのを思い出す。骨伝導イヤホンの開発者である星憲章《けんしょう》に、新たに発注していたのか。

「急ごしらえで、一対一じゃないと話せないんですよねー。スイッチで切り替えなきゃいけなくて」

「だから俺は途中で通信が途絶えたんだな」

変な音がして、羽村が「犯人がわかりました」と言ったあと、アンナと連絡が取れなくなった。あのとき風真から羽村に繋ぎ変わっていたのだ。

羽村がステージで語った推理は、骨伝導イヤホンを通したアンナの言葉だったことになる。

「先に言ってくれよ。心細くて仕方なかったんだから……」

「風真さんなら、合わせて演じてくれるって信じてましたよ！」

羽村と即席コンビを組んだつもりが、アンナと共演していただけじゃないか。

「それにしても、よくうまくいったなあ」

「もし第一の被害者であるはずの風真さんが死ななかったら……その場合、どのように物語が変化していくのか。私は台本を読み込んでシミュレーション済みでした」

「シミュレーション済みって……あっ！」

風真は思い当たる。アンナの特殊スキル【空間没入】！

事務所での作戦会議中、彼女は台本を読み込んでいた。あれは検証だったのか。稽古を見て流れを摑んだアンナは、舞台上での殺人を防ぎながら、どうすれば物語が大団円を迎えられるかをシミュレーションしていたのだ。

風真はステージの上で、ハッピーエンドの舵取《かじと》りを担わされたことになる。

――私にはもう一つ、解決したいことがあるんです。

犯行を阻止するだけでは飽き足らず、拗れた俳優たちの人間関係も、これに乗じて解決する。それが彼女の思惑だとすれば。

この舞台の脚本家はアンナにほかならない！

「また俺は、お前の手のひらで踊っていたわけだ」

口惜しさが喉元まで込みあげてくる。表舞台も舞台裏も、すべての解決はアンナによって行われた。

美神アンナこそが、真の名探偵……。

「いいじゃないですか！」

あっけらかんとアンナが言った。

「物語と現実、二つの殺人事件を防いだのは風真さんです。私はそれをアシストしただけ」

「……確かにな」

いつだってそうだ。百パーセントの操り人形ではない。アンナの手を借りて、風真なりに、自分の頭で考えて、自分の身体で行動したつもりだ。

「人が死んでないんだ。良しとしよう！」

風真は結論づけた。

アンナも、「その通りです！」と相槌《あいづち》を打つ。

「たとえフィクションだとしても、人は死なないほうがいいんです」

駆け出したアンナを追って、風真も部屋を出る。

我々は幾度も事件を解決に導いてきた。今回もまた、こうなる流れだったのだろう。それでいいのかもしれない。最善を尽くしたなかで辿り着いた結末を、受け入れていいのかもしれない。

それにしても。

華奢《きゃしゃ》なのに、なんて頼もしい背中だろうか。

これからも俺は名探偵で、アンナは最強の助手に違いない。

だけど助手の背中を追うわけにはいかない。風真はすぐに追いついて、横に並んで歩いた。

劇場を出る最初の一歩は、わずかに早く、アンナより前に出してみる。

第二話　カジノ・イリーガル

著：青崎有吾

1

「志葉《しば》くんさあ、〈烏《からす》〉って漢字の成り立ち、知ってる？」

三十一階の客室から男は夜景を眺《なが》めていた。ひと仕事終え、ルームサービスのワインを飲みほし、心も、腹も、懐《ふところ》も満たされている。悪くない気分だった。

「成り立ち？」

ソファーで雑誌を読んでいた青年が、二時間ぶりに顔を上げる。

男はアメニティのメモ帳をちぎり、よく似た漢字を二つ書く。

鳥　烏

「〈鳥《とり》〉より一画少ないだろ。四角の中の横棒が一本。なんでかわかる」

「さあ」

雇い主からの出題なのに興味のなさを隠そうともしない。だが男は、青年のそんなところを気に入っている。

「〈鳥〉はもともと象形文字で、横棒はトリの〈眼《め》〉を表してた。でもカラスは真っ黒で、どこに眼があるかわからない。だから眼のないトリってことで、〈鳥〉から〈眼〉を引いて、この漢字が生まれた」

「ずいぶん安直な成り立ちですね」

「だろう？　ひどい話だよな、カラスにだってちゃんと眼があるのにさ。むしろないのは人間のほうだな。昔もいまも、大抵の奴《やつ》には見る目がないんだ。観察眼ってやつがさ――」

女性ボーカルのポップな曲が、男の弁舌に割り込む。

〈にじいろフレーバーZ〉のメジャーデビュー曲だった。男はテーブルの上の、モバイルバッテリーとつながったスマートフォンに手を伸ばす。青年も雑誌を伏せ、後ろから携帯を覗《のぞ》いてくる。

「新しい仕事ですか」

「みたいだね」

まったく、遊びに出かける暇もない。

男は受信通知を開く。得意先からだった。〈お世話になっております〉から始まる簡単な挨拶《あいさつ》のあと、ある依頼が書かれていた。

指が画面をスクロールする。添付された画像が現れる。

それを一瞥《いちべつ》してから、男は夜景に目を戻した。高尾《たかお》ソフト本社、神奈川県警本部、手越《てごし》重工横浜ビル、建設中の国際新道、鶴田《つるた》汽船のタンカー……視界に映るもののほとんどを男は正確に把握している。仕事柄、自然と覚えてしまっている。都庁やヒカリエや新丸ビルからでも同じことができるだろう。あらゆる街に顧客がおり、あらゆる業種とつながりがあった。都心すべてが彼の餌場《えさば》だった。

仕事は何かと問われれば、男はリスクマネジメントだと答える。

「〈烏〉の成り立ちにはもうひとつ皮肉があってさ」

夜のみなとみらいを眺めながら。

烏丸《からすま》司《つかさ》という名の男は、薄い唇《くちびる》を緩《ゆる》ませた。

「カラスって、実はすごく眼がいいんだよ」

2

風真尚希《かざまなおき》は探偵である。

上に〈名〉がつくと自負している。

名探偵とは常に冷静沈着、どんな状況でも決して慌てたり動じたりしない。

だから。事務所のドアを開けたら助手の美神《みかみ》アンナという少女が床の上にマットを敷いてイナバウアーめいた奇妙なポーズを取っていたときも、風真は軽く眉《まゆ》をひそめただけだった。ぶっちゃけ毎日こうなので、もう慣れっこになっていた。

「おはようございまーす」

「……おはよう」

背中をのけぞらせたままの助手に挨拶を返す。アンナ愛用のモッズコートはポーズを取るのに邪魔だからか、脇《わき》に丸められている。

奇妙なポーズはヨガだ。それが去年までインドで暮らしていた彼女の日課だと知ったときは納得もしたのだが、あとから少し気になって〈インド人　ヨガ　頻度〉で検索してみたところ、「ほとんどのインド人はたまにしかヨガをしない」という記事が多数ヒットした。じゃ、なんでこいつはヨガを？　この日課、日本人でたとえれば、毎朝盆踊りをしているようなものなんじゃないか？

要するにアンナ自身が、ちょっと変わっているのだろう。

風真は窓のブラインドを開け、寝不足の顔に日差しをあてる。

アンナはオブジェにでもなったかのようにポーズを崩さない。左足は前、右足は後ろ。背中を大きく反《そ》り、曲げた右足の爪先《つまさき》を右手でつかんでいる。見ているだけで関節が痛くなりそうだ。

「そのポーズ、前にも見た気がするな」

「まあ基本中の基本ですし。名前は……」

「待った。待った、言うな」

風真はアンナを観察し、推理を始めた。

特徴の多いポーズだ。どことなく生き物を連想させる象形。反り返った背。インドでも古くから知られていそうな生物――すなわち、

「海老《えび》だ」

「鳩《はと》です」

「……今日も平和だね」

「探偵事務所が平和じゃ困るんだよ」

奥の部屋から帽子をかぶった伊達《だて》男と、白い秋田犬が現れた。栗田《くりた》一秋《かずあき》。かつて県内で名を馳《は》せた探偵であり、現在はこの事務所の社長である。……男のほうの話だ。秋田犬は

マーロウという。いまにも喋《しゃべ》りそうな見た目だなと、携帯会社のＣＭが流れるたび風真は思ったりする。いやあっちの犬種は確か北海道犬《ほっかいどう》だっけ。

「依頼がないんだからしょうがないじゃないですか」

「なけりゃ作るんだ。ほら動け動け」

「俺たちに事件を起こせと……？」

「ピンポンダッシュくらいなら……」

「依頼人を探してこいって意味だったんだけどな……」

扱いづらい部下たちに辟易《へきえき》しつつ、栗田は応接ソファーに座る。ひょいとヨガ中のアンナを見て、

「それ、前にも見た気がするな」

「なんのポーズか当ててみてください」

「蟹《かに》だな」

「二人ともおなかすいてるの？」

「蟹かー俺二年くらい食ってないなー食いたいなー」

「風真さんこないだカニ玉食べてたでしょDR.ハオツーで」

「カニ玉はさぁあれはもうカニ玉っていう食べ物であって蟹ではなくない？」

「いやそれは知らないですけど、あーでもちょっと私も蟹食べたくなってきたかも」

「食べちゃおうかなーもう。ピザならいけるかな。社長ピザ取っていいですか」

「おれ蟹嫌いなんだよブツブツが出るから」

「えっじゃあなんで蟹って言ったの？」

「えっ別に食べたいもんの話とかじゃなかったよな？」

「えっ？」

「ん？」

「もういいよ！」

探偵事務所の名前は、『ネメシス』。

罰と義憤を司《つかさど》るギリシャ神話の女神の名に、こうしたやりとりがふさわしいかどうかは……探偵たち自身に聞いても、答えに窮するだろう。

仕切り直すように、栗田が帽子の角度を直す。

「で、風真。烏丸って男の件だけどな」

「あ、はい」

だらけた空気に、少しだけ本来の張りが戻った。風真は栗田の向かいに座り、アンナは鳩のポーズを崩した。

先日の、恵美佳《めぐみみか》という女性の不審死から始まり、現役の女優の失踪にまで繋がった一連の事件で、風真たちはフェイクニュースをばらまいた多治見《たじみ》という動画配信者の罪を暴《あば》いた。その後の調査で、事件の裏には大手病院で起きた医療ミスの隠蔽《いんぺい》があったことがわかり、フェイクニュース制作の依頼元について栗田が調査を進めていたのだった。

その結果、少し意外なことがわかった。

多治見に話を持ちかけた人物は、医療ミスが起きた病院の関係者ではなかったのだ。彼らと多治見との間には、一種のブローカーのような男が存在していた。

男の名は、烏丸司。

多治見と隠蔽事件を結びつけるためには、その烏丸という男について探る必要がある。もっかのところ、この一件が探偵事務所ネメシスの追う最重要案件となっていた。

「烏丸の情報、何かつかめたんですか？」

「いまのとこわかったのは〝ガードが固い〟ってことくらいだな。神田《かんだ》さんにも独自に動いてもらってるんだが……」

「こんにちはー」

風真の背後で、折よく事務所のドアが開いた。

キャリアウーマン風の若い女性が顔を覗かせていた。神田凪沙《なぎさ》。恵美佳の不審死を追いかけており、風真たちに調査を依頼したジャーナリストである。

「お取り込み中でした?」

「凪沙さんお久しぶり！　ぜんぜん大丈夫です」

「蟹の話をしてただけなので。どうぞ、入ってください」

「蟹の話を……?」

首をひねりつつ、凪沙は事務所に入ってくる。アンナもいつの間にか風真の隣に移動していて、全員でテーブルを囲む形になった。

バッグを開く凪沙に、風真はさりげなく目配せする。彼女は軽いうなずきを返した。二十年前の事件に関わる話は、アンナの前ではしないこと——以前交《か》わした約束は覚えてくれているようだ。

一安心し、報告に集中する。

「烏丸について、ひととおり調べました」

凪沙は一冊のファイルと、張り込みの成果らしき数枚の写真をテーブルに出した。

写っていたのは、色の白いやせ型の男。

先日初めて写真を見たときも思ったのだが、印象に残らない男だ。ラッシュ時の電車に適当に乗れば、似た人物を三人は確実に見つけられそうな、淡白な顔立ち。逆にいえば、着るものやいる場所によって雰囲気をがらりと変えられそうでもある。

「烏丸司。三十三歳、独身。住所は横浜市西区の高級マンション。都内にも複数部屋があるみたい。表向きはIT企業の役員ってことになってますけど、目立った功績はなし。でも羽振りはよくて、お金の出所は不明」

「この後ろの人は?」

アンナが指さしたのは、どの写真にも烏丸と一緒に写っているもうひとりの男だった。
二十四、五だろうか、烏丸よりさらに若く、スーツ姿で一見秘書のように見える。が、それにしてはだらしがない。ネクタイを緩め、鞄《かばん》も持たず、退屈そうな顔で烏丸の一歩あとについている。
「ボディガードみたいです。志葉くんって呼ばれてました」

「……普通の会社員は、ボディガード雇わないよね」

つぶやく風真。大金持ちでも国内で雇っている者なんてほとんどいないだろう。

雇っているとしたらよほどの要人か、もしくは——やばい仕事をやっているか。

「このIT企業、聞き覚えあるな。何年か前、セキュリティで問題になったとこじゃないか?」

ファイルをめくった栗田が凪沙に尋《たず》ねる。

「そうです。大手銀行のセキュリティに問題が見つかって、システム開発を担当したこの企業に批判が。でも週刊誌に『悪いのは下請けの中国企業だ』っていう告発文が載って、矛先はそっちに」

風真にもそのニュースの記憶はあった。地味で専門的なセキュリティの話題を嫌っていたワイドショーが告発に飛びつき、大義名分を得たようにネットには中国批判があふれた。問題は本筋から逸《そ》れ、うやむやになり、数日で忘れ去られていった。歯切れの悪い事件だと当時も思ったものだが。

「烏丸が役員として雇われたのは、その事件の直後です」

「……におうね」

表用の肩書きをほしがっていた烏丸が、工作の見返りにポストを得たとすれば筋が通る。

「多治見の件と合わせて考えると、やっぱりこういう仕事を専門的にやってる……ってことですかね」

「企業や組織から依頼を受けて裏工作する、もみ消し屋ってとこか。このご時世じゃ探偵業より流行《はや》りそうだな」

「転職しますか」

「バカタレ」

風真の頭がファイルの表紙ではたかれた。

「とにかく、こいつが情報を持ってることは間違いない。なんとかしてそれを手に入れたいな」

栗田はひげを剃《そ》ったばかりのあごを撫《な》でる。

しばらく考えてから、ぼそりと、

「近づいて、スマホかパソコンを盗めれば……」

「俺たちに盗めと……？」

「ピンポンダッシュよりハードル高いですね」

冗談めかした口調で、風真とアンナは先ほどの台詞《せりふ》を真似《まね》たのだが。

「そうだな」栗田はシリアスそのものだった。「おれらでやるしかない」

「え、本気ですか？」

「しかたないだろこの際。恵美佳の事件は根が深い。この烏丸って奴が握ってる情報は絶対に必要だ。それにこいつがプロの隠蔽屋なら、ほかの裏工作も摘発できるかもしれない」

「ご存じないようなので教えときますけど、窃盗は犯罪ですよ」

「あのな……おまえらが普段やってることもほぼ詐欺《さぎ》みたいなもんだからな」

風真の耳についた骨伝導イヤホンを指さす栗田。風真は目をそらして口笛を吹くことしかできなかった。謎解きの最中アンナから助言を仰ぐために用意されたこのツールは、もはや仕事の必需品になっている。

アンナが「はい！」と挙手する。

「マッチングアプリとか使って私が近づくっていうのは？」

「え」と、風真。「アンナ、デートのふりとかできるの？」

「できますって！」

「こう、肩に手を回されたりしたらどうする？」

「こうきて、こうきて、こうですかね」

アンナは架空のセクハラ男の髪をつかんで引き下ろし、顔面に膝《ひざ》を入れ、首をねじった。風真は二度うなずいてからこの案を廃棄した。

「用心深い男なので、接近自体難しいかもしれませんね」凪沙はマイペースに話を進める。「自宅にもほぼ帰らず、ホテルを転々としてるみたいです。唯一近づけるとしたら……ここ」

ジャーナリストはファイルからもう一枚写真を出し、テーブルの上に滑《すべ》らせた。

よくある雑居ビルの入口、のように見えた。ガラスドアの向こうにビジネスホテルのフロントめいたカウンターがあり、スーツを着た男が二人立っている。その奥にはエレベーターが一台。

しかし、ビルの外に看板や装飾はいっさいない。それゆえなんの店舗かがわからない。現実だったら百パー素通りしてるな、などと考えつつ、風真は尋ねる。

「何ですか、ここ?」

「〈アビス〉っていう地下カジノです。烏丸は頻繁にここに通ってます」

「カジノ」「カジノぉ?」「カジノ!」

風真は鸚鵡返《おうむがえ》しし、栗田は片眉を上げ、アンナはなぜか嬉《うれ》しそうだった。

「面白そうじゃないですか、行ってみましょうよ」

「遊びにいくんじゃないんだぞおい」

「でも会員制なので、入るには会員証がないと」

凪沙がつけ加え、「会員証ぉ?」と、栗田はますます顔をしかめる。

「風真、ちょうどいい友達いないのか」

「ちょうどいいってなんですか」

「カジノの会員証を持ってて盗みを助けてくれそうな友達だよ」

「んな無茶な……」

文句を言いつつも、風真は考え始めていた。

顔の広さは風真の武器だ。自分の弱さは自分が一番よく知っている。だから困ったときは、人を頼る。それはときに、個人を凌駕《りょうが》する力となって探偵たちを助けてくれる。

頭の中でざっと、友人・知人を思い浮かべる。カジノに精通し、かつすぐに接触できそうな、非合法側《イリーガル》の人間――

ひとりだけ、うってつけの人物に思い当たった。

ただしその人物の顔写真には、ＳＮＳの初期アイコンのように、人型の輪郭《りんかく》しか写っていなかった。

「いないことは、ないんですけど……」

3

「奇術師、緋邑晶《ひむらあきら》？」

一時間後、アンナと風真は中華街の路地裏を歩いていた。観光客で賑《にぎ》わうメインストリートから一本外れただけで、通りは怪しい薄暗さを帯びる。

「ああ。裏稼業は詐欺師。凄腕《すごうで》で、賭場《とば》にも詳しいらしい」

「なんでそんな人知ってるんですか」

「それはまあ……」

「いろいろやってきたから」

いつもの台詞を先に言われ、風真は苦笑を返す。

「つっても、俺もまだ会ったことないんだけどね。昔ちょっとトラブルに巻き込まれたとき、間接的に助けてもらったことがあるんだ。変な人で、仕事を頼むには条件があるらしくてさあ」

「条件？」

「勝負して、勝つことだってさ」

「三人までならなんとか」

「いや肉弾戦じゃなくてね」

シャドースパーを始めた助手を風真はそっと落ち着かせた。

アンナは好戦的な性格ではないが、護身用にある武術を使う。南インド発祥のカラリパヤットという武術で、これまでもその技を犯人確保などに役立てている。「もしものときは任せてください」と彼女は胸を張るものの、どうなのだろうか。マイナー武術ゆえ対応を知る者が少なく、初見殺しが可能となっているだけかもしれない。

風真としてはアンナを危険に晒《さら》したくはなく、緊急時には「戦う」よりも「逃げる」を選択しろと教えているのだが——どちらにしろ今日は、喧嘩《けんか》の心配はないだろう。

緋邑が根城にしていると噂《うわさ》の店に着いた。

風真は立ち止まり、薄汚れた緑色の看板を指さす。

「アンナ、これできる？」

インド帰りの少女は眉を寄せ、じっと看板を見て、

「あさすずめ」

「うん、わかった」

自分でがんばるしかなさそうだ。

風真はアンナとともに、〈麻雀《マージャン》〉の二文字が掲げられたその店に入っていった。

カラン、と古風なドアベルが鳴った。雀荘《ジャンそう》は喫茶店も兼ねているらしく、淀《よど》んだ空気にはコーヒーと副流煙のにおいが混じっていた。

卓は六割方埋まっていて、客たちはブレンドやアメリカンをすすりながら麻雀に勤《いそ》しんでいる。カウンターの中で豆を挽《ひ》いている初老の店主。順番待ちのソファーに座り『ガラスの仮面』二十二巻を読んでいる女。煙草《たばこ》をふかしながら窓際の金魚鉢に餌をやっている

男。誰も風真たちには目を向けない。

「あのー、緋邑さんって人います？　用があるんですけど」

常連風の客に声をかけてみる。客はぶっきらぼうに奥の卓を示す。

風真の喉《のど》が、ひゅ、と収縮した。

スキンヘッドの目つきの鋭い男が、大きな体を無理やりねじこむように、奥の卓に座っていた。三人麻雀いわゆるサンマ中らしく、指輪をいくつもはめた手で、ジャラジャラと牌《はい》をいじっている。

おそるおそる、近づく。

「ひ、緋邑さん？」

牌を混ぜる手が止まり、ぎろりとにらまれた。

「えーと、はじめまして、僕風真っていいます。あのー、頼みたいお仕事があってですね。あ、いや、怪しいものでは。ふへへ……」

我ながら怪しすぎると思いつつ、自己紹介する。

スキンヘッドの男は無言のまま、空いている対面を指さした。やはり依頼のためには勝負する必要があるらしい。

よし――と気合を入れる。自信ならあった。これでも若いころは〝高田馬場《たかだのばば》の人間ソロバン〟としていくつもの雀荘で恐れられた風真である。異名の由来は点棒の計算が早かったからで実力とは関係ないのだが。

椅子《いす》を引き、座ろうとしたところで、

「待って風真さん」

アンナに肩をつかまれた。

「この人、たぶん緋邑さんじゃない」

「え？」

風真は思わず聞き返す。

スキンヘッドの男は身を乗り出し、極道じみた眼光をアンナに突き刺す。

「なんでそう思う？」

「緋邑さんって人、奇術師だって聞きました。でもあなたは指輪をしてます。マジシャンって指先が命ですよね？　日常的に指輪をはめてるマジシャンなんて、私見たことない」

スキンヘッドは眼光を強め、両脇の男たちも異分子をにらんだ。アンナは臆《おく》さず彼らを見返し、風真はさりげなく避難場所を探した。お、おい聞いてないぞこんなの。喧嘩にはならないって思ったのに――

パタン、と。

背後から、本を閉じる音がした。

ソファーで漫画を呼んでいた女が、立ち上がっている。

ショールを羽織《はお》った、四、五十代の美しい女だった。寝起きの猫めいて背筋を伸ばしてから、のそりと動きだし、こちらへ近づいてくる。卓に着いていた三人が、慌てたように席を離れた。

風真たちの横を通りすぎざま、女はアンナへ視線を流す。

「賢いね、お嬢ちゃん」

「……どうも」

「嫌いなタイプだ」

ぼそりと言いながら、麻雀卓を回り込む。

スキンヘッドが明け渡した席に座ると、改めて探偵と向かい合い、

「さァて」

緋邑晶は、不敵に笑った。

「何して遊ぶ？」

「あ、あなたが緋邑さん？」

「文句あるかよ」

ショールについた毛玉を取りながら、緋邑はぞんざいに返す。

本人から名乗られても、風真はまだ信じられなかった。美術展の帰りに髙島屋《たかしまや》で洋服を買って友達とお茶してそうな、横浜駅のどこにでもいそうな女性だ。この人が凄腕の詐欺師？　だが考えてみれば、アキラは女性の名でも通る。

スキンヘッド兄ちゃんでなかったことには、ある意味ほっとしたが……風真の警戒はむしろ強まっていた。

偽緋邑が用意されていたということは、スキンヘッドもサンマ仲間も最初に話しかけた常連も、店のほぼ全員が緋邑の仲間だった、ということだ。罠《わな》の意図は、おそらく依頼人を追い返すため。風真たちが騙《だま》されている間、彼女はソファーでどんな顔をしていたのだろうか。

どう前向きに捉《とら》えても、とっつきやすい人物ではない。

「で、なんだっけ。私になんか用？」

「あ、はい。ええと、ちょっとお願いが」

「知ってると思うけど私、もうほぼ引退しててね。あんま働きたくねーのよ。だから客は選ばせてもらう」

「偽者を見抜けば合格じゃないんですか？」

「合格だァ？　初歩だろあんなの」

挑戦的な笑みをアンナへ投げつつ、細い指先が牌を手繰《たぐ》る。

「普段は麻雀で決めるんだけど、お嬢ちゃん、できる？」

「あ、こいつぜんぜんです」

「そうか。……じゃ、手短にこれで決めよう」

緋邑はかたわらの小テーブルへ目を向けた。

置かれていたのは、スキンヘッドたちが注文した品だろうか。コーヒーポットと、砂糖壺《つぼ》と、ソーサーに載った空のカップが二つ。

緋邑は二つのカップにコーヒーを注ぎ、「マナー違反だけど勘弁ね」と言いつつ、両方とも麻雀卓の上に並べた。湯気と、豆の香りが立つ。

続いて緋邑は砂糖壺の蓋《ふた》を開け、右手で角砂糖をつまみ取り、風真たちから見て右側のカップに落とした。

「片方が砂糖入り、もう片方はブラックだ。あんたらはこれから後ろを向き、私はその間にカップをシャッフルする。『いいよ』の合図で向き直って、どっちがブラックかを当ててもらう。もちろん口はつけずにね」

「…………」

「当てればあんたらの勝ち、はずせば私の勝ちだ。簡単だろ？」

風真は二つのカップを見つめる。

右が砂糖入り、左がブラック。コーヒーの色に差異はなく、カップにも傷など目印となる特徴はない。完全に運任せのギャンブルだ。

が――二分の一の確率なら、下手な勝負より有利だともいえる。

助手のほうもすでにやる気になっていた。アイコンタクトで風真と意志を確かめ合うと、アンナは緋邑にうなずきかけた。

「やります」

「じゃ、スタート。後ろ向きな」

探偵たちは体の向きを変え、麻雀卓に背を――

「いいよ」

直後、緋邑の声が聞こえた。

「はやっ⁉」

つっこみつつも風真は振り向く。

「え……え、もういいんですか？」

「いいよ。さ、ブラックコーヒーはどっちだい？　おっと、それ以上は近づいちゃだめだよ。細かい泡《あわ》とかでわかるかもだからね」

制止するように右手を突き出す緋邑。麻雀卓の上には、湯気を立てる二つのカップ。

風真は咳払《せきばら》いし、乱されたペースを整えた。

そして考え始める。

左右どちらも、中身のたっぷり入ったカップだ。こぼしたり音を立てたりせず並べ替えるには、慎重に持ち上げて、位置を変えて……という一連の動作が必要になる。だが、後ろを向いてから「いいよ」の合図までは二秒もかからなかった。いくら凄腕の奇術師でも、その一瞬で並べ替えられるわけがない。

つまり――

「おい、カップは元のままだ。左がブラックだ」

結論を出した風真は、アンナに耳打ちした。

アンナからの反応はなかった。

同じ思考には至っているはずだが、まだ何かを躊躇《ちゅうちょ》している。難事件に挑むように、じっと前を――カップではない場所を見つめている。

視線を追った風真は、突き出された緋邑の手のひらに気づいた。

右の手のひら、ちょうど真ん中あたりに、微量の粉のようなものが付着している。

あれは……砂糖？

壺から角砂糖を取るときの、緋邑の動きを思い出す。砂糖は指でつまみ取っただけだし、すぐカップに落とされた。その過程で、手のひらに砂糖が付着することなどあるだろうか？

待てよ。

緋邑は「ブラックコーヒーを当ててもらう」と言った。砂糖の入ったコーヒーではなく、入ってないほうを当ててもらう、と。

たとえば壺から角砂糖を取った際、ひとつ余計に手の中に忍ばせておいたとしたら。そして二人が後ろを向くと同時に、左のカップにも砂糖を入れたとしたら。それだけの動作ならあの短時間でも充分可能だ。

結果、コーヒーは両方とも砂糖入りになり。

風真たちがどちらを選んでも、勝つことはできなくなる。

「お、おい」風真は再びアンナに囁《ささや》く。「このゲーム、イカサマだ。両方砂糖が……」

「黙って」

「黙ってって……」

アンナはまだ前を見つめている。今度は手のひらではなく、緋邑の目を。アンナの力を測るように、あるいは賭《か》けのスリルを楽しむように、緋邑は薄く微笑《ほほえ》んでいる。

数秒間のにらみ合いのあと。

アンナの手が、左のカップに伸びた。

風真が止める暇もなく、助手はカップに口をつける。細い喉がこくんと動き、黒い液体を一口飲む。

そして彼女は、顔をしかめた。

「にがっ」

「え？　……あ、にっがい。苦い」

アンナの手からカップを取り、飲んでみる。甘みは感じなかった。

ブラックコーヒーだ。

緋邑は突き出していた手を下ろす。手はそのまま胸元に滑り込み、卓上にひとつ、角砂糖が放られた。

「い、入れてなかったのか……。アンナ、なんでわかったんだ」

「賢い子が嫌いって言ってたから、逆手《さかて》にとってくるかもって思って」

緋邑は肩をすくめ、アンナの言葉を受け流す。

「オーケー、あんたらの勝ちだ。お嬢ちゃん何者だい？」

「名探偵……の、助手です」

「ネメシスって事務所の？」

スマホを出してみせる緋邑。

画面には、風真や栗田の連絡先が表示されている。アンナははっとしたように自分のポケットを探る。

「あっ、ちょ、さっき通りすぎたとき……」

「面白い奴らだね」

奇術師は悪びれた様子もなく、砂糖入りのコーヒーを一口飲んだ。

「話、聞こうか」

4

「で、依頼はうまくいったのか？」

デスクチェアにあぐらをかいて足の爪《つめ》を切りながら、栗田が尋ねた。

ソファーには戻ってきた社員二名が座っている。アンナは遊園地帰りの子どものように満足げで、風真は振り回された父親のように疲れ気味だった。

「いったはいったんですけど……」

＊

「〈アビス〉なら知ってるよ。会員証も持ってる」

事情を聞き終えた緋邑はあっさりとうなずいた。雀卓の上にはコーヒーにかわり、風真が持参した資料が広げられていた。

緋邑は烏丸の写真をつまみ上げる。

「で、このスカした男のスマホを盗《と》りたいと……。わかった、手伝ってやるよ」

「本当ですか！」

「ただし」と緋邑は、喜ぶ風真にかぶせるように、「私の専門は裏方だ。実際に動くのはあんたらにやってもらうからね」

「じ……え？」

「知らずに来たのかい？　私の仕事はいつもそうだよ。計画立案《プランナー》が私。実行がそっちだ」

不安に襲われる風真の肩を、緋邑は楽しげに叩《たた》くのだった。

「なーに、演技指導はしてやるよ」

＊

「というわけで……」

「いいじゃないか、指示はしてくれるってんだから」

片手間のように言いつつ、爪にやすりをかける栗田。どうせ動くのは風真だし、という他人事《ひとごと》感が見え見えだ。

だが栗田は、ふと気づいたように顔を上げ、

「待てよ、アンナにも危ないことさせる気じゃないだろうな?」

「あー、するかも」と、アンナ。「あんたじゃなくてあんたらって言ってましたし」

「バカタレ！　それは許さんぞ、おまえはおとなしくしてろ」

「大丈夫ですよ、いままでさんざんやってきたんだし」

「だめだだめだ、おまえはこの件はここまでだ」

「なんで?」

「なんでって……」

栗田は何か言いかけ、急に口をつぐみ、爪のやすりがけを再開した。風真は背もたれに首を載せ、じっと天井の蛍光灯を見つめる。

アンナはそんな二人を交互に見比べる。

「この件、何か裏でもあるんですか？」

「…………」

「そういえばこないだの凪沙さんと出会った事件のころから、なんかおかしかったですよね？　二人とも何か私に隠してます？」

「隠してなんかない」栗田は爪切りをパチリと閉じ、「ほら、今日はもう解散だ。おわりおわり」

追いやるように手を振って、奥へひっこんでいった。

風真もソファーから腰を上げた。鞄を持ち、アンナに声をかける。

「じゃ、おつかれ」

「……緋邑さんがなんかやれって言うなら、私もやりますからね。私、風真さんの助手なんで」

「あーわかったわかった、頼りにしてますよ。それじゃ」

根負けしたような笑みを投げ、風真はドアを閉める。階段を遠ざかる足音を聞きながら、アンナは歯がゆさを味わっていた。

栗田と風真はときどきこうやって、二人だけでことを進めようとする。自分が青二才だからか、女だからか、それとも何かほかの理由があるのか。数々の真実を見抜いてきた目にも、違和感の正体はつかめない。

……でもまあ、悪い人たちじゃないってのは、わかってるけど。

ため息をついてから、アンナはソファーに身を沈める。

隅《すみ》に寝そべっていたマーロウが、素知らぬ顔であくびを漏らした。

5

横浜駅の西側には、県内有数の繁華街が伸びている。

駅西口から始まり、幸川《さいわい》を渡って新横浜通りに着くまでの約五百メートル。その短い道の両側に、飲食店、映画館、ドン・キホーテ、電器屋、ホストクラブやダーツバーが軒を連ねている。道に〈パルナード通り〉という名がついていることは、地元民にもあまり知られていない。〈パルナード〉の由来を知る者にいたってはおそらく市民の一パーセントにも満たない。パル（仲間）とプロムナード（散歩道）を合わせた造語であり、昭和五十六年に公募で選ばれたそうである。

教養深い命名者の理想をやや裏切る形で、パルナード通りは毎夜賑わう。ビブレ前の広場で酒盛りをする学生がいる。橋の欄干からパンを投げるカモメ使いの男がいる。外国人はラップバトルを始め、怪しいセミナーの勧誘者がうろつき、ケバブ売りがカップルをほめちぎる。喧騒《けんそう》は駅から離れるにつれ徐々に減り、隣町の岡野町に至ったあたりで、ふっと消えてしまう。まるで夢から醒《さ》めたみたいに。

非合法カジノ〈アビス〉の入口は、そんな夢と現《うつつ》の境目にあった。

「来ないなぁ」

氷の解けたカフェオレをすすりながら、風真尚希がぼやく。

通りを挟んだカフェに陣取り、かれこれ二時間近くカジノを監視中だった。緋邑とアンナも同席しているが、風真ほど真剣に見張っている様子はない。緋邑は二杯目のナポリタンをくるくるフォークで巻いており、アンナはといえば八枚切りのピザを食べている。

「今日はハズレなんじゃないですか？」

「いや、神田さんの調べだと毎週火曜と金曜に……アンナ、何食べてんの？」

「ブルーハワイピザ」

「おいしい？」

真っ青なソースがかかった世にも不気味なピザだった。

「そう……」

「なかなかですな」

「あ、来た」

「え？」

アンナがピザの先端を外に向ける。風真は窓に額をくっつけた。

通りの向こうから、写真で見た二人組――烏丸司と、護衛の志葉が歩いてきた。

烏丸の印象は、事務所で見た写真からがらりと変わっている。ブランドもののジャケットに薄手のコートを羽織り、いかにも遊び人といった風情。志葉はいつものスーツ姿だ。

緋邑も窓に近づく。

「あいつが烏丸か……。徒歩で来たのか？　なわけないか、持ち物が少ない。どっかに車を停《と》めてるな」

受付係は会員証のチェックなどもせず、二人は顔パスだった。

奥のエレベーターに向かいながら、烏丸はコートのポケットに手を入れる。黒いモバイルバッテリーとつながった、ダークグリーンのスマートフォンが取り出される。充電ケーブルを外してから、顔認証でロックを開き、メールか何かをチェックする素振り。

「機種はQphone-9《キューフォンナイン》か」

緋邑はいつの間にか、古風なオペラグラスを目に当てている。

「いいご身分だね、最新型だ」

到着したエレベーターに二人が乗り込む。風真は烏丸の手元に目を凝《こ》らした。モバイルバッテリーのほうは無造作にコートに戻されたが、スマホ本体は大事そうに、ジャケットの内ポケットにしまわれた。

ドアが閉まり、二人は地下へ消えた。

風真は背もたれに身を預け、髪をかき上げる。

「やっぱり、スマホは肌身離さず持ってるみたいだな……。緋邑さん、さっと盗めたりは」

「私の指先はいまはマジック専用。詐欺にゃ使わない主義だ。それに、盗むのはおまえらだってこないだ言ったろ」

「じゃ、どうやって盗むんですか？」

口の周りを青く染めたアンナが尋ねる。緋邑は二秒ほど考え込み、

「思いついた」

「はやっ⁉」

風真はコーヒー勝負のときと同じように叫んでしまった。

「〈アビス〉は地下カジノん中でもけっこう規模がでかくてね。そこの常連ってことは、あいつはかなりのギャンブル好きだ。それを利用して、カジノ内でスマホを盗る」

「利用？」

「ゲームに夢中になってる隙《すき》に、こっそり盗る的な？」

「いいや。烏丸の目の前で堂々とすり替える」

「……？」

計画が飲み込めず、風真とアンナは顔を見合わせる。

ナポリタンの残りを頬張《ほおば》ってから、緋邑は風真にフォークを向けた。

「あんた、知り合いに道具屋がいるっつってたね？」


翌日、ネメシス事務所。

久々に会った星憲章《ほしけんしょう》の顔は、いつもより不機嫌そうだった。

「今日は『死刑台のエレベーター』のリバイバルを見る予定だったんだけど」

「いや～ごめんねぇ、無理言っちゃって。あっ何か飲む？」

「いらないすぐ帰るから」

時間にうるさい道具屋はソファーに腰かける。風真は慌てて給湯室に行き、冷えた麦茶を運んできた。連絡からたった一日で用意してくれるとは、無理をさせたに違いない。風真は中継ぎをしただけで、無茶ぶりの元凶は緋邑なのだけど。

「はい、これ」

小箱が差し出される。開けると、手のひらサイズの機器が入っていた。形も大きさも注文どおりだ。

「スマホにつなげれば自動でコピー開始、十分でデータ完コピできるから。途中で抜いたら一からやり直しだから、そこだけ注意して」

「十分？　けっこう長いね。もっと、ブイーン、パッ、コンプリート！　みたいな感じで終わんないの？」

「仕組みを説明してもいいんだけど、時間の無駄だからやめとく」

星はすでに立ち上がり、帰り支度を始めている。上着に袖《そで》を通しながら、片手間のように尋ねてくる。

「それ、何に使うの？」

「いやあ……ちょっと詐欺にね」

「誰のための？」

予期せぬ一言に、風真は顔を上げた。

「誰って？」

「風真さんが悪いことするときは、自分のためじゃないでしょ」

結局一口も飲まれなかった麦茶の氷が、グラスの中で小さな音を立てた。風真は袖口のボタンをいじりながら、事務所内へ視線を移ろわせた。半分下がったブラインドや、請求書が張られたコルクボードや、床に敷かれたヨガ用のマットを見た。

脳裏にアンナの顔がよぎる。

「……いや」

そのイメージをそっと脇へ追いやるように、風真は愛想笑いを返した。

「自分のためだよ」

6

金曜日の夜。

一週間を乗りきったサラリーマンやＯＬが、居酒屋に吸い込まれてゆく時間帯。

地下カジノの入口も盛況さは似ていたが、客層はやや異なっていた。ビジネスバッグを提げた者や目の下にクマをこしらえた者はひとりもいない。革靴を光らせた恰幅《かっぷく》のよい男たち、あるいはイミテーションでない宝石と香水をまとった女たち。玄人《くろうと》らしき着流しの者、お忍び風のサングラスの者、頬に傷をつけた者。浮世離れした会員たちが受付のお辞儀に送り出され、エレベーターに乗り込んでゆく。

その中には高級ジャケットにコートを合わせた洒脱《しゃだつ》な男と、退屈そうなボディガードの姿もあった。

「準備いいかい」

通りの角から入口を監視していた緋邑が、振り返る。

探偵たちは遠足前の小学生のように、そわそわと体を揺らしていた。アンナは金髪ショートのウィッグをかぶり、いつもの私服からパーティー用のドレスに着替えている。風真も頭を七三に固め、伊達眼鏡《めがね》をかけ、黒い蝶《ちょう》ネクタイにタキシードというきっちりした服装だ。

「風真さん、なんか似合ってますね」

「昔、執事もやってたからな」

得意げに眼鏡を上げる風真。アンナはウィッグの位置を直す。緋邑も首に巻いたスカーフを整え、戦闘態勢が整った。

「よし、行くよ」

探偵と助手と詐欺師のトリオが、〈アビス〉に向かって歩きだした。

緋邑が会員証を見せ、風真とアンナのことは「連れだよ」と説明すると、受付は難なく通過できた。

エレベーターに乗り、〈B1〉のボタンを押す。ゆるやかな振動の少しあと、ドアが横に滑る。

光と喧騒が頬をはたいた。

風真はもっとこそこそした雰囲気を想像していたのだが、地下は意外なほど広かった。造りからうかがうに、クラブかダンスホールの跡地を改装した場所のようだ。エレベーターを降りた先に換金カウンターと階段があり、その下が吹き抜けのメインホール。中央に真っ白な噴水があり、周囲には植物や彫像や、各ゲームのテーブルが配置されている。

ルーレット、スロット、バカラ、ブラックジャック、クラップス、テキサスホールデム。どの卓にもディーラーがつき、着飾った会員たちで賑わっている。BGMは流れていないが、彼らのはしゃぐ声が、ぶつかり合うダイスの音が、スロットから吐《は》き出《だ》されるコインが、ルーレット台の回転が。混然一体となって、軽快なジャズのように場を満たしていた。

「豪華だな……。統合型リゾート《IR》とかもできたらこんな感じなんですかね」

「海外のほうが百倍派手だよ。私が外国人だったら、こんなとこ来ないで回転寿司《ずし》に行くね」

目立つからきょろきょろすんなよ、と言い足して緋邑は歩きだす。〝連れ〟の二人もついてゆく。足元は赤い絨毯《じゅうたん》だった。

階段を下り、客たちの間を抜け、壁際のバーカウンターへ。

三人並んでカウンターに座る。足をぶらぶらさせながら、アンナがさっそく注文をする。

「ポップコーンソーダって作れます?」

「かしこまりました」

「できるんだ……」

「烏丸は、あそこか」

バーテンの有能さにおののく風真の横で、緋邑はオペラグラスを覗いていた。

ブラックジャックのテーブルに、烏丸の後ろ姿が見えた。背後には志葉が控《ひか》えている。

「そのうち酒を飲みにくるはずだ。私は遠くで見物してる。あとは勝手にがんばりな」

「自信なくなってきたな……」

「風真さんならいけますよ、こないだ栗田さんにも詐欺師って言われてたし」

「おまえそんなおまえ、人をあのなんだアレみたいに」

「まあ万が一のときは耳のイヤホンで指示してやっから。通信できんだろ、それ？」

「できますけど、これはそういう用途でつけてるんじゃなくてですね……」

「ごちゃごちゃ言うな」

緋邑は「ほら」と、チップの小束を風真に渡した。〈アビス〉内専用のチップで、もともと彼女が持っていた余りだという。

もの珍しげに眺めていると、高利貸しのように念押しされた。

「貸すだけだからな。返せよ」

「……うぃっす」

勝負の一夜が、始まる。

7

烏丸司にとってギャンブルとは、趣味だ。

ポケットマネーを利用した余興、単なる遊びにすぎない。ギャンブルに人生を賭け、一発逆転を狙《ねら》うような輩《やから》は思考自体がそもそも負け犬、洗練された遊技場にはふさわしくないと考えている。

とはいえ、稼げるに越したことはない。

ブラックジャックで快勝、バカラで小破、クラップスで巻き返し。一時間ほどで、今夜の手持ちは四十万円相当のプラスになっていた。

小休止しようと、志葉を連れてバーカウンターへ向かった。席に座り、脱いだコートを隣席に置く。いつもと同じドライマティーニを頼む。オリーブはなし。舌触りが嫌いだ。

一口飲んだあと、ジャケットの内ポケットからスマホを出した。

顔の前にかざすだけで、自動でロックが解除される。新着メールはゼロ件だった。酒と勝利に酔いながらも、頭では仕事のことを考えていた。そろそろ先日請け負った案件にかからなくてはならない。調査を依頼された場所には以前にも探りを入れたことがあるので、最小限の労力で済むはずだ。住所は確か伊勢佐木町《いせざきちょう》の——

「あ、Qphone－9」

横から声が聞こえた。

二つ隣の席に、男が座っていた。

髪を七三に固め、黒い蝶ネクタイをした眼鏡の男。彼は烏丸に笑いかけると、自分のスマホを持ち上げた。同色の同機種だった。

「僕のもです。従来より操作性上がりましたよね？　顔認証の感度もいいし」

「ああ……。不満もあるけどね」

「なんです？」

「バッテリーだよ。すぐなくなるから、充電器が手放せない」

「はは、確かに」

男は笑顔を見せる。口元のせいか目鼻立ちのせいか、執事めいた正装なのに、どこか抜けた雰囲気がある。

男はジンジャーエールを一口飲み、カウンターに置かれた烏丸のチップホルダーを一瞥する。

「ずいぶん稼ぎましたね。ここへはよく来られるんですか」

「まあね。あんたは？」

「友達に誘われて初めて来たんですが、ダメダメでした……。もう手持ちはこれだけ」

男はチップの小束をカウンターに置いた。

「ここからどうにかして、逆転してやろうと思うんですが」

「……全部スる前に帰ったほうがいいよ。あんた勝負には向いてなさそうだ」

「わかるんですか？」

「おれには、人を見る目があるからね」

男はすねた子どものような顔を見せ、ちびちびとジンジャーエールを飲んだ。不向きは自覚しているらしく、「確かに残りがこれだけじゃな……」と独《ひと》り言《ごと》が聞こえた。烏丸はスマートフォンに目を戻す。

会話を切り上げたつもりだったのだが、

「そうだ」

ふと思いついたように、男はまた話しかけてきた。

「あの、僕と賭けをしませんか？」

「賭け？　どんな」

「〈スマホ当て〉です」

男はもう一度Qphone－9を持ち上げた。

「僕ら、二人とも同じスマホを使ってますよね。色も同じだし、ケースもつけてないし、ロック画面も初期設定のままだし。──ごめんなさい、さっきあなたがロックを解除するところが横目で見えちゃって」

謝罪しつつ、男は話を続ける。

「つまり、僕らのスマホは見た目が完全に同じ。それを利用したゲームです。これからあなたに後ろを向いてもらって、僕が二台をシャッフルします。あなたはどちらかを選び、ロックを解除する。それがあなたのスマホならあなたの勝ち。僕のだったら、僕の勝ち。どうです?」

烏丸は口を開きかけるが、男はすかさずチップを差し出してくる。十枚ちょっとの、なけなしの束を。

「僕はオールインします」

純朴な男の目を眺めてから、烏丸はため息をついた。

見た目が完全に同じだって? 自分がどのくらい馬鹿か気づいてないのだろうか。

「あんたがシャッフルして、おれが選ぶんだな」

「ええ」

「よし、受けよう」

烏丸はホルダーから、男と同じ枚数のチップを出した。

眼鏡の男はカウンターの上にスマホを置く。烏丸もその横に自分のスマホを並べる。

右が相手のもの。左が烏丸のもの。

「後ろを向いてればいいんだな」

「はい。あ、そっちの方も」

男は、烏丸の後ろに控えた志葉を見る。ボディガードは苦笑とともにうなずく。

「じゃあさっそく……」と勝負が始まりかけるが、烏丸はそれに与《くみ》しなかった。

「待ってくれ、まだあんたを信用しきれない。すり替えやイカサマに備えないとな。ギャンブルは、フェアにやるのが大事だ」

「………」

烏丸は周囲を見回す。ここのバーテンは、客同士のやりとりに不干渉を貫《つらぬ》く主義なので使えない。とすると——

直角に曲がったカウンターの、斜め前に座っている娘に目が留まった。

というのも、キャラメルポップコーンが浮いたソーダ水という、よくわからないものを飲んでいたからだ。

「ねえ君、ちょっといいかな」

「ナンパならお断りですの」

金髪の娘はしとやかに返した。「どんなキャラだよ」という声が横の男から漏れたが、烏丸は気づかない。

「ナンパじゃないよ。実は、この男とスマホ当ての賭けをすることになってね。おれたち後ろを向いてるから、君、彼が小細工しないか見ててもらえないか」

「あら面白そう！　ガッテン承知ですわ」

ポップコーンを噛《か》みながら、娘は敬礼してみせる。……ちょっと変な子だな、と思いつつ、烏丸は男に向き直る。

「じゃ、スタートってことで」

眼鏡の男が首肯を返した。烏丸は回転式の椅子をくるりと回して、志葉は体ごと動かして、各々カウンターに背を向けた。

五秒ほどで、「もういいですよ」と合図が出る。

物音はまったく聞こえなかった。

烏丸は振り返り、カウンターに目をやる。並んだ二台のスマートフォン。先ほどと変わった様子は何もない。ずっと気を張っていたが、偽物とすり替えたり、ほかの誰かに手渡したり、そういった気配も感じなかった。

「どうぞ、選んでください」と、眼鏡の男。

「細工はありませんでした」金髪の娘が席を立つ。「では、わたくしはこれで」

「ああ……ありがとう」

礼を返しつつも、娘のほうは見なかった。烏丸はスマホに集中し、二台をじっと見比べる。

唇が、にっと歪《ゆが》んだ。

「あんた、残念だったな」

「?」

「毎日使ってるものだからな、どうしたって差異は出る。おれのスマホは、充電ソケットの横に小さな傷がついてるんだ。つまり――こっちだ」

確信とともに、左側のスマホを手に取った。ロック画面を開き、顔にかざす。

数秒後。

画面の下に、〈認証できません〉の表示が出た。

にやけていた唇が山なりに歪む。烏丸は角度や距離を変えつつ、何度か試す。ロック画面は〈認証できません〉のままだった。

スマホを持つ手を下げる。

その向こうでは、眼鏡の男が微笑んでいた。

「似た傷くらい、どのスマホにもつきますよ。そっちは僕のです。僕の勝ちですね」

男は右側のスマホを烏丸のもとへ滑らせ、ついでにチップを回収する。

烏丸は小さく舌打ちし、自分が選んだほうのスマホを男に返した。

「ツキが回ってきたみたいだね」

「おかげさまで。勢いがあるうちにスロットで賭けてみることにします。じゃ、いい夜を」

眼鏡の男はカウンターを離れ、スロットのほうへ歩いてゆく。志葉は楽しげにそれを見送り、バーテンは我関せずといった顔でグラスを磨《みが》き続ける。

まあ負けでもいいさ、ただの遊びだ――そんなことを思いながら、烏丸はスマホを内ポケットにしまった。

カクテルの残りを口にしたが、もうぬるくなっていた。

少し離れたラウンジのテーブルで、そんなバーでの一部始終を眺めていた女がいた。脇にはバーから移動してきた、金髪の娘も座っている。

古風なオペラグラスを目から離すと、女は笑った。

「あいつ、意外とやるじゃないか」

「でしょ?」

＊

前日、ネメシス事務所にて。

緋邑晶は、買ってきたばかりのQphone－9を片手に持ち、風真とアンナへのレクチャーを始めていた。

「ネタとしちゃ、こないだのコーヒー勝負と同じだ。アタリと見せかけてハズレ、と見せかけて実はアタリ。烏丸に自分のスマホが偽物だと思い込ませる」

スマホを風真の顔にかざす。

先ほど顔を登録したので、すぐにロックが解除された。

「Qphone－9のロックは顔認証がデフォだ。その顔認証には、このフロントカメラが使われる」

スマホ前面の左上にある、小さなレンズが示される。それから緋邑は、黄色いシートのようなものを取り出し、指先にそっと何かを載せた。

直径わずか三ミリ程度の、黒っぽいシール。

「レンズの上にシールを貼《は》れば……」

緋邑はフロントカメラにぴったり重なる形で、そのシールを貼りつけた。シールの表面にはダミーのレンズ画像がプリントされていた。貼る前とあととの差は、目の前で細工を見ていた風真たちにもほとんどわからなかった。

緋邑はもう一度、風真の顔にスマホをかざす。

結果は〈認証できません〉。

最新技術の粋を集めたスマートフォンが、たったそれだけの小細工で、詐欺師に陥落させられていた。

「烏丸が後ろを向いてる間に、奴のスマホのフロントカメラにシールを貼る。あんたがやるイカサマはそれだけだ。ロックが解除できなきゃ、誰でも『これは自分のスマホじゃない』って思い込む。あんたは自分のスマホを烏丸に渡し、烏丸のスマホを持って、さっさと立ち去る」

──烏丸の目の前で堂々とすり替える。

カフェでの宣言は本当だった。あの時点からこれを考えていたのだろうか。

アンナがソファーから身を乗り出す。

「賭けを持ちかけるのが風真さんで、私の役目は?」

「烏丸は用心深そうだ、ほかの客に監視役を頼んでくるかもしれない。お嬢ちゃんはそのときに備えてそばで待機。なるべく目につく見た目だといいね、金髪とかに変装しな」

「すり替えたあと、気づかれません？」

「長くはもたないだろうね。だからすぐコピー装置につなげて、データだけいただく。そのあとは取り違えたとかなんとか言って、烏丸にスマホを返しゃいい」

アンナは計画を吟味するように腕組みしてから、

「もしかしてこれ、けっこう簡単？」

疑問符つきで言った。風真もうなずいてしまった。わざわざ外部からひっぱってきたベテラン詐欺師が仕掛ける仕事である。もっとオーシャンズなんとか的な、大がかりなものを想像していたのだが。これじゃまるで――

詐欺に、かけられたような気分だ。

若者たちの懸念を察したように、緋邑晶は微笑んだ。肘《ひじ》かけに頬杖をつきながら、彼女はアンナに尋ねた。

「お嬢ちゃん。この世で一番賢い詐欺って、どんな詐欺かわかる？」

「……さあ」

「一番賢い詐欺ってのは、単純で、技術がいらなくて、誰にでもできる詐欺。私はそういうのが専門なんだ」

＊

よーし、よっし、よし！

バーカウンターを離れながら、風真は内心でガッツポーズしていた。緋邑さん、いや緋邑師匠、怪しんでてごめんなさい。あんた本物だよ！

すり替えはスムーズに済んだ。いま、風真の手には烏丸のスマートフォンがある。ポケットには星くんお手製のコピー装置も用意されている。あとはトイレかどこかにこもり、データを盗めば計画完了。ちょろいものだ。

バーと距離を取ってから、スマホをタキシードの脇ポケットにしまう。風真は悠々とメインホールを見回し、トイレの表示を——

そのとき、
ポケットから、女性ボーカルのポップな曲が鳴り響いた。

にじいろフレーバーＺ略してにじフレのメジャーデビューシングル『とびだせっ！　怪盗ガールズ』だった。

周囲の客たちが一斉にこちらを見る。風真は錆《さ》びたロボットのような動きで、バーカウンターのほうを振り向く。

烏丸・志葉と視線が合った。

烏丸は目を見開いたまま、自分のジャケットを触っていた。そこから鳴るはずの音がなぜあいつから聞こえるのかと、脳を整理するように。

印象的なサビを二パート繰り返し、着メロは終わる。

直後、風真は走りだした。

「待て、こら！」

烏丸の怒号を背に浴びたが、待てと言われて待つ泥棒はいない。ホールの中央を目指し、テーブルの間を駆け抜ける。障害物を多くして追跡を逃れようという狙いだった。

だが、
五秒と経《た》たぬうちに、不吉な音と気配を感じた。風真は走りながら振り返る。

志葉だ。

障害物はまったく意味をなしていなかった。追跡者は機敏なフットワークで客と客の間を縫い、スライディングでバカラのテーブルをくぐり、椅子に足をかけてシュロチクの鉢植えを飛び越える。顔には怒りも焦りもなく、カフェでお茶している最中トイレに立った友人を待っているときのような、気楽さだけが浮かんでいた。

や、やばい。やばいやばいやばい――

風真は足と脳を必死に回す。椅子をひっくり返し、人にぶつかり、ぶちまけられたチップを蹴散《けち》らしながら走る。ルーレット卓の足元で無様《ぶざま》に転び、じたばたもがきながら起き、また駆けだす。いくつもの顔が視界をよぎった。その中には、ラウンジにいる小柄な相棒の姿もあった。

「――――」

その相棒へ向けて。一言だけ、骨伝導イヤホンに指示を出す。

風真にできたのはそれだけだった。直後、志葉に上着の裾《すそ》をつかまれた。

「くそっ！」

こないだネットで見たジークンドー動画を思い出し、振り向きざまにローキックを放つ。志葉はひょいと片足を浮かせ、渾身《こんしん》の反撃はスカされた。

ぎょっとする暇もなく、あご下に腕が滑り込んだ。猛烈な力で首が絞まり、風真は取り押さえられる。

「ちょ、まっ、痛い！　いたいいたいいたい……ぐえっ」

ゴキ、という音を最後に、意識が途絶えた。

烏丸が追いつくと、志葉はすでに眼鏡の男を気絶させていた。

烏丸は男のポケットを探り、Qphone-9を取り出す。フロントカメラに貼られたシールに気づき、剝《は》がす。顔認証に成功し、ロックが解除された。

思わず笑ってしまった。大胆な手を仕掛けてきた相手と、そんな手に騙されかけた自分自身に。烏丸は動かなくなった男を見下ろし、嘲《あざけ》るように言葉を投げた。

「だから言ったろ？　あんたは勝負に向いてないって」

「スマホを盗もうと？」

「みたいだね。志葉くん、ちゃんと気をつけといてくれなきゃ」

「携帯は護衛対象じゃないもんで」

「はは、そっか……あー気にしないで、個人間のトラブルだ。もう解決した」

寄ってくるディーラーを手で制す。カジノでの揉《も》めごとは日常茶飯事だし、烏丸は上客だ。ディーラーはすぐ無視に転じた。それを皮切りに、集まっていた人々も散ってゆく。

志葉に目で合図を出す。

ボディガードは気絶した男を難なく担ぎ、エレベーターのほうへ向かった。烏丸は乱れた髪を撫でつけてから、コートとチップを取りにバーへと戻った。

もう少し遊ぶつもりだったのだが、今日はあきらめるしかなさそうだ。緊急の用事が入ってしまったから。

男を尋問する、という用事が。

チン、と音を立て、エレベーターが地下に到着する。コートを羽織った烏丸が乗り込み、気絶した風真を担いだ志葉が続く。

いましがた大捕物が繰り広げられたというのに、〈アビス〉の客たちはもう忘れてしまったかのように、自分たちの賭けに意識を戻していた。ただ二人を除いて。

エレベーターが閉じ、地上へ上ってゆく。

換金カウンターの陰からそれを見ていた美神アンナと緋邑晶は、二人とも表情を失っていた。

「……やばいかも」

「かもっていうか」緋邑はささやかな訂正を入れた。「やばいね」

8

風真尚希は、ぼんやりとしたまま薄目を開く。

鈍《にぶ》い痛みと、嗅《か》ぎ慣れないにおいを感じた。本革のシートと消臭剤が混ざった、独特のにおい。まるで他人の車みたいな――

他人の車だ。

完全に目が覚めた。レクサスだろうか、高級車らしき車の後部座席に座らされていた。手足は動かなかった。結束バンドで縛られている。

「おはよう」

助手席から、烏丸司が声を投げてくる。友人相手のような気軽さで。

「……いい車だな」

「お、見る目があるね。防音・防弾仕様でさ。高かったけど、こういうときは便利だ」

「持ち物はこれだけです。スマホも使い捨てですね」

ボディガードは風真の横に座り、二つの機器を調べているところだった。すり替え用のQphone-9と、風真が耳につけていた骨伝導イヤホン。気絶している間に取られたようだ。

風真は窓の外を見やる。ひとけのない地下駐車場だった。気絶した自分を担いで繁華街を通れば目立ちまくるはず、距離はカジノとあまり離れていないだろう。

アンナたちが場所を特定して、助けにきてくれるだろうか――

いや、助けるってどうやって？

警察に「違法カジノでスマホを盗んだらバレて拉致《らち》られました」なんて話せるわけがない。そしてアンナたち単独では、おそらく救出は間に合わない。とすると俺の運命は……。

風真の中で、最悪の想像が膨《ふく》らみ始める。烏丸は志葉からイヤホンとスマホを受け取り、検分している。ダッシュボードの上には彼自身のスマホが置かれ、運転席にはコートが丸められている。

つばを飲み込もうとしたが、喉はからからに渇いていた。

「通りすがりの詐欺師、ってわけじゃないよな」

烏丸はバックミラー越しに風真を見た。

「どこの組織だ？」

「……探偵だよ」

「〝素人《しろうと》〟をオブラートに包んだ言い方だな」

小ばかにするように烏丸は笑う。

「目的はおれのスマホか。このイヤホンで外部と連絡を？　雇い主は誰だ？」

「…………」

「バーにいた娘もグルか？」

「…………」

「志葉くん、吐かせて」

「ちょ、ちょ、ちょ」

志葉が風真に腕を伸ばし、風真は芋虫のようにもがく――

そのとき、風真のQphone－9が鳴った。

志葉は動きを止め、烏丸は手元を見る。着メロではなく無機質な着信音。番号は非通知だった。

詐欺のために用意されたであろうこの携帯の番号を知っている者は、おそらく限られる。そしてこのタイミング……。

烏丸はスピーカーモードをタップしてから、電話に出た。

「もしもし？」

『にじフレは私も好きだよ』

＊

カジノ〈アビス〉のラウンジで。緋邑晶は膝を小刻みに揺らしながら、スマホに耳を当てていた。

アンナもじっと、緋邑のスマホに耳を寄せている。服装はドレスから普段着に戻っていた。風真の居場所がわかったら、すぐにでも走りだせるように。

『あんたが雇い主か』

烏丸の声がした。……ほかに物音は聞こえない。外ではないようだ。

『なんでおれの携帯を狙った？』

「心当たりは山ほどあるだろ、そのうちのひとつさ」

緋邑はぼかした答え方をする。

「あんたらが捕まえた男、まだ元気かい」

『元気だよ。まだね』

「そいつはただの駒《こま》だ、詳しいことは何も知らない。返してほしいんだけどね」

『おれがそんなに優しいと思うか？　あんた、人を見る目がないいな』

「…………」

『まあそんなに心配しなくてもいいよ、ひととおり絞ったら返してやるからさ。ちょっと歯並びが悪くなったりしてるかもしれないけど……』

自分でも無意識のうちに、アンナは緋邑からスマホを奪っていた。

「いますぐ返して」

『おっと——その声、バーにいたお嬢さんだな。やっぱりグルか』

「返して。スマホはあきらめるから」

『ただで返すわけにはいかないんでね。それじゃ』

「ちょ、待っ……」

ここで切られるわけにはいかない。アンナは引き止めるための口実を必死に探した。カジノ内に目を走らせる。ルーレットのテーブルと、はしゃぐ人々が視界に入り——

「ねえ、ギャンブルが好きなんだよね？」

とっさに、言葉が口をついた。

『ん？』と烏丸の声が返す。

「私と勝負して」

『勝負？』

「どんなゲームでもいいから。私が勝ったら、その人を返して」

横で緋邑が目を剝《む》く。電話の向こうからはため息が聞こえた。

『あのさぁ。ギャンブルってのは、互いに賭けるものがなきゃ成立しないんだよ。おれが勝った場合の報酬は？　そっちは何を賭けるんだ？』

アンナは少し考え込み、

「……私」

つぶやくような声で言った。

緋邑が「あぁ⁉」と叫ぶ。スマホからも『は⁉』と声が聞こえた。風真だ。

「そっちが勝ったら、私のことも好きにしていい。それじゃだめ？」

『だめだろ！　だめだめ！　そんなん……むがっ』

風真の猛抗議が、誰かに口をふさがれたように途絶える。続いて聞こえたのは、烏丸の笑い声だった。

『はは、なるほどね……。あんた、だいぶ自信家だな』

それはゲームに勝つ自信があるという意味か、それとも自分が賭けの対象足りえると思っていることに対する揶揄《やゆ》か。どちらかわからず、どちらにしろ不快で、アンナは沈黙を返す。

『どんなゲームでもって言ったな。内容はおれが決めていいんだな？』

「……うん」

『わかった、受けよう。十分後にまた〈アビス〉で』

『よせ、やめろ！　俺は大丈……』

風真の声を最後に、通話が切れた。

＊

「志葉くん、見張っといて」

電話を切ると、烏丸司は再びコートを着込んだ。

「おい！　あの子に手ぇ出したら許さないからな！　おまえらむぐっ……」

騒ぐ風真の口を、志葉がガムテープでふさぐ。

烏丸はダッシュボードからトランプの箱を出し、それをズボンのポケットにしまった。

自分のスマホを開きながら、レクサスを降りる。

「あー、また充電が少なくなってる。だめだね、この機種は」

カウンターでの会話の続きのように、車内の風真に笑いかける。返事は「んむー」だった。

烏丸は車のドアを閉じた。コートのポケットから端子つきのコードをひっぱり出し、スマホにつなげ、コートにしまう。そして再び歩きだす。〈深淵《アビス》〉という名のカジノに向かって。

私のことも好きにしていい、か。くさい台詞だ。古い映画でも見たのかな？　やっぱりあの子は少し変わっている。

しかしどんな条件でもお互いが了承した以上、賭けは賭けとして成立している。身柄を確保しても、烏丸自身が手を出すつもりはなかった。もっと有意義な使い道がある。違法カジノである〈アビス〉のバックには、当然ながらヤクザがいる。経営元は広域指定暴力団・斧谷《おのや》会の横浜支部だ。烏丸も斧谷とは一応コネがあるものの、上層部に直結するような類のものではなく、もう少しパイプを太くしたいと常日頃から思っていた。

あの美人を斧谷に売り渡せば、その端緒を開けるだろうか。

烏丸は口笛を吹き始める。無人の地下駐車場にその音色が反響する。悪くない気分だった。心と、腹と、懐が満たされる予感があった。

ゲームの内容はもう決めていた。

＊

「ばかなことしてくれたね」

緋邑晶はため息をつく。アンナは通話の切れたスマホを両手で握りしめながら、すでに覚悟を決めていた。

「大丈夫です。勝ちますから」

「負けたらどうする。あんたはそれでよくても、風真は責任背負《しょ》うことになるよ」

思わぬ一言に、握る力が緩んだ。アンナは視線を足元に落とす。フロアを覆《おお》う赤絨毯は最初に感じたほど綺麗《きれい》ではなく、よく見るとところどころ色褪《いろあ》せていた。

「別に、私がどうなっても風真さんに責任なんて……。私たち、家族とかじゃないし」

「私にゃ兄妹《きょうだい》みたいに見えたけどね」

「…………」

「だがまあ、烏丸を呼び戻せたのは収穫だ。あとは——」

緋邑はカジノ内に置かれた彫像を見やり、

「神に祈ろう」

追い詰められたギャンブラーのようにつぶやいた。

アンナはその、蓮《はす》の花を持った多腕の女性の名前を知っていた。ネメシスと同じく、彼女もあるものを司る神様だった。

ラクシュミー。

ヒンドゥー教における、富と幸運の女神である。

9

十分後。

エレベーターが開き、先ほどと同じ服装の烏丸が、地下カジノに現れた。

上階からホールを見回し、ラウンジにいるアンナと緋邑を見つけ、階段を下りてくる。

真夜中が近づき、場内の熱狂と歓声はさらに大きくなっている。しかし烏丸はそちらには意識を向けない。アンナと緋邑の目にもほかの客たちは映っていない。

互いの表情が見える距離まで近づく。

アンナは敵意を隠そうとせず、烏丸は余裕の笑みを浮かべていた。

「あれ、ドレスは？　綺麗だったのにもったいないな」

「そういうの、セクハラっていうんだよ」

「これからあんた自身を賭けるのに、セクハラも何もないだろ」

「寒かったから着替えただけ」アンナは烏丸の背後を気にし、「そっちこそ、あの強そうな人は？」

「志葉くんにはあんたの相棒を見張ってもらってる」

「へえ」と、緋邑。「一緒じゃないと怖くておでかけできないのかと思ってたよ」

「よそうぜ煽《あお》り合いは、時間の無駄だ」

烏丸は乗ってこなかった。あるいは、会話を通して風真の居場所を探ろうとしていることを見透かされたか。

烏丸はラウンジに並んだ席のひとつ——二人がけの小テーブルをあごでしゃくる。

三人はそちらへ移動し、アンナと烏丸がテーブルに向き合って座った。緋邑はセコンドのように、アンナの後ろに着いた。

烏丸はコートを脱ぎ、自分の椅子の背にかける。

「そのコートあったかそうだね」と、アンナ。

「安ものだよ。五万くらいだったかな」

「私が勝ったらコートももらえる？」

「はは、いいよ。勝ったらね」

その返事には、勝てっこないのに、とでも言いたげな嘲笑《ちょうしょう》が混ざっていた。

「で、ゲームの内容は？」

緋邑が尋ねる。

烏丸はズボンのポケットからトランプの箱を出し、アンナのほうへ差し出した。

「札がそろってるか確認してくれ」

アンナは箱を開け、デッキを確認する。

どうやら新品らしく、札もすべてそろっていた。ありふれた既製品のトランプで、ジョーカーは二枚とも道化がおどけているデザインだ。

烏丸にうなずく。

「そしたらよく切って、裏のまま四枚並べて」

「…………」

まだ勝負の内容が見えない。アンナはデッキをシャッフルし、上から一枚ずつ取り、卓上に四枚のカードを並べた。横にデッキを置く。

烏丸はデッキを回収してから、場に出された四枚をまとめて取り、自分の手札として持った。さっと目を通し、頰を緩める。ポーカーで強い手が入ったときのように。

「……先に言っておくが、これからやるのはフェアなゲームだ。おれは嘘《うそ》をつかないし、イカサマもしない。この宣言がもし破られたら、おれの負けってことでいい」

烏丸は手札を伏せ、コートのポケットに手を差し込んだ。メタリックグリーンのスマホを取り出す。つながっていたコードを外して、アンナたちから手元が見えないようにしつつ、何やら操作する。

そしてスマホを、アンナのほうに向けてテーブルの中央に置いた。

表示されていたのは、0から9までのテンキー。

「Qphone－9のロックは、顔認証以外にパスワードでも解除できる。いま、配られた四枚のカードに書かれていた数字をすべて組み合わせて、パスワードを設定し直した。四桁《けた》の数字だ。――あんたにはそれを当ててもらう」

「はぁ⁉」

叫んだのは緋邑だった。アンナも戸惑いを隠せない。

「スマホの……パスワード当て？」

「おれのスマホがほしかったんだろ？　せっかくだから、それにあやかったゲームにしようと思ってね」

「何通りあると思ってんだい？　当てられるわけないだろ！」

「まあまあ。三つヒントを出そう」

詐欺師をいなしつつ、烏丸は指を一本ずつ立てる。

「その一、数字は小さいほうから順に並んでいる。

その二、重複している数字はない。

その三――」

四枚の伏せ札の中から、二枚が表にされ、卓上に出された。

スペードの2と、ダイヤの8。

「これで、四桁のうち二桁が明らかになった」

「そんなもんがヒントになるかい!」

「どんなゲームでもいいって言ったのはそっちだろ?」

烏丸はしたたかに返し、ゲームを仕切るディーラーのように、軽く腕を広げてみせた。

「さあ、当ててくれ。ロックを解除できればあんたの勝ち。弾《はじ》かれたらおれの勝ち――チャンスは一度きりだ」

＊

地下駐車場、レクサスの車内で。

手足を縛られたうえ口にテープまで貼られた風真は、もはやもがくことをあきらめていた。すぐ隣では志葉が何かのソシャゲをやっていて、連続した効果音が聞こえる。コンボが決まったらしい。

「あんたの相棒の子、かわいそうだね。絶対不利な勝負やらされてるよ」

「んんー、んんん、ん」

吠《ほ》え面《づら》かきやがれ的な台詞を返そうにも、言葉は発せなかった。せめて目で怒りを伝えようとするが、志葉はスマホから顔を上げない。

「でもあの子、どっかで見た気がしたんだよなー。どこだっけ……なんか、モデルとかやってた?」

「んー、んんん」

風真の空虚なうめきが響く。ピロン、ピロン、ピロン。コンボが決まる。志葉は少し考え込み、

「あ」と、何かを思い出したようにつぶやいた。

10

緋邑晶の嫌いなもののひとつに、映画やドラマにおけるご都合主義があった。

アジトに潜入したスパイや、事件の裏を追う探偵が、敵の機密情報を盗み見ようとする。パソコンにはパスワードがかかっている。ところが、たまたま誕生日に設定していたり、恋人との記念日だったり、フランス革命の書籍が本棚にあってその年号だったり……曖昧《あいまい》な推理で数字が打たれ、奇跡のような偶然で、ロックが解除されてしまう。

見るたびに、くだらないと思っていた。

現実はそれほど甘くない。パスワード当てなどというものは何万通りもの確率からたったひとつの解を見つける大博奕《ばくち》であり、推理が及ぶ領域ではない。

だが、いま。

探偵と助手の命と尊厳、すべてを賭けた大勝負で。

この男は、それをやれと言っている。

不利なゲームを持ちかけられることはある程度予想していた。とはいえ、これはあまりにもばかげている。勝負として成立すらしていない。

「なあ」緋邑はアンナに顔を寄せる。「分が悪すぎる。別の勝負に……」

「待って」

アンナは開示された二枚のカードを見つめながら、じっと思考していた。

そして、つぶやく。

「一桁目は〈2〉だと思う」

「あ?」

「『カードに書かれていた数字を組み合わせて』って言ってました。でもトランプって、数字が書かれてないカードもありますよね」

頭の中でトランプのデッキを広げる。すぐに緋邑も気づいた。

「……絵札とA《エース》には数字がない。ジョーカーにも」

それらの札に書かれているのは、アルファベットと、女王や道化といった人物の絵、それにマークの記号だけだ。

「そう。だから、A、J《ジャック》、Q《クイーン》、K《キング》、ジョーカーの五種類は、パスワードには使えない。もし使ったとしたら、最初の宣言と矛盾するから、この人は嘘をついたことになる」

テーブルの向こうで、烏丸が笑みを強めた。ブラフではなく、ゲームを心底楽しんでいるときの笑み。

「おれは嘘をつかない。それがこのゲームのルールだ」

「Aが使えないってことは、〈1〉が使えないってことだから、使える数字の中で一番小さい数は〈2〉ってことになる。数字が小さいほうから順に並んでるなら、パスワードの一桁目は――絶対この数」

アンナの指先が、開示された二枚のうちの一枚――スペードの2を叩いた。

緋邑はなかば驚嘆しつつ、その推論を吟味する。

確かにそうだ、ルールに沿うなら一桁目は〈2〉ということになる。

だが……本当にこんなやり方で、理詰めで解いていくつもりか？

緋邑にとっては無駄な努力にしか思えなかった。すぐそばに袋小路《ふくろこうじ》が待っていることは明らかだ。

それでも、探偵助手の少女はあがき続ける。両手の指を組み、軽く唇に当て、論理の中に潜ってゆく。

「〈2〉から始まって〈8〉を含む四桁の数……〈1〉は含めないとして……組み合わせの数は……」

「絞りきれっこない。その条件で適当に打ちこめってかい？」

緋邑が言うと、くふっ、と噴《ふ》き出《だ》す声が聞こえた。烏丸だ。

「その方法で当てるのは、不可能だな」

「…………」

どこかのテーブルで大当たりが出たのか、客たちのはしゃぎ声が聞こえた。ぶつかり合うグラスの音。スロットマシンの電子音。絶え間ない噴水の水音。

アンナはそれらを追い払うように目をつぶり、さらに集中を強める――

落ち着け。落ち着け。

心の中で、アンナは自分に言い聞かせる。これまで解いてきた事件と同じだ。見聞きしたものの中にきっとヒントがある。

風真さんの安全がかかっている、というプレッシャーが邪魔をして、思うように頭が回らない。

だけど、とアンナは思う。

人生が賭けられた勝負は、今日始まったことじゃない。いままでの謎解きだってそうだった。依頼人を救って。犯人を破滅させて。遺族たちの関係を修復して、あるいは破壊して。安堵《あんど》を与えて、禍根を残して。自分はいつもそうやって、多くの人の人生を変えてきた。

謎を解くということは、きっとそういうことなのだ。

どうして自分にだけ、こんな力があるのだろう。怪物のようなこの力は、誰がなんのために私に植えつけたのだろう――。ときどき首をもたげる、深い穴のような疑問。その縁《ふち》に立って真っ暗な底を覗くと、言いようのない恐怖に襲われる。

落ち着け、落ち着け。

アンナは深淵から目を背ける。いま一番怖いのは、風真さんがいなくなること。そして大事なのは、こいつに勝つことだ、そのためならどんな力でも使ってやる。余計なことは考えるな、パスワードのことだけ考えろ。

息を吸って、吐いて、また吸う。思考のノイズがひとつずつ消えてゆく。

かわりに、いくつかの言葉の断片が脳裏をよぎった。

――これからやるのはフェアなゲームだ。

――おれは嘘をつかないし、イカサマもしない。

――四枚のカードに書かれていた数字をすべて組み合わせて。

――四桁の数字――スペードの2とダイヤの8。

――その一、数字は小さいほうから順に並んでいる。その二、重複している数字はない。

——その方法で当てるのは、不可能だな。

——おれは嘘をつかない——その方法で当てるのは、不可能だな——不可能——数字をすべて組み合わせて——


——賢い子が嫌いって言ってたから、逆手にとってくるかもって思って。


アンナは目を開いた。

最初に視界に入ったのは烏丸だった。テーブルに頬杖をつき、薄い唇を緩め、珍しい魚でも眺めるかのようにアンナを観察している。

「けなげだねえ。あの相棒、そんなに大事か？　格好だけのポンコツ探偵に、おれには見えたけどな」

「……確かにあの人は、格好だけで調子ばっかよくて、そのくせ正義感強くておせっかいで、ときどきあきれたりもするけど、でも」

アンナはゆっくりと、卓上のスマホに指を伸ばし。

「あなたには渡さない」

四つの数字を打ちこんだ。

0、1、2、8。

ピロン。

洗練されたカジノにはおよそふさわしくない、間抜けな音が鳴る。

スマートフォンのロックは解除されていた。

緋邑は呆然《ぼうぜん》とテーブルを見つめ、烏丸も声を失っていた。会心の笑みは宿主を変え、向かいに座る少女のもとへと移っていた。

美神アンナのもとへ。

「私は、最初の数を〈2〉って推理した。でもあなたは、〈2〉から始まる数を適当に打って当てるっていう緋邑さんの案に、『その方法で当てるのは不可能』って返した」

——〈2〉から始まって〈8〉を含む四桁の数……。

——絞りきれっこない。その条件で適当に打ちこめってかい？

——その方法で当てるのは、不可能だな。

「何百分の一かでたまたまあたる確率もあるのに、あなたは不可能って言いきった。『嘘をつかない』のがルールだから、この言葉は本当のはず。だとしたら、最初の数は〈2〉

じゃないってこと」

推理の前提が崩れたことになる。

しかし大前提である三つのヒントや、「フェアなゲーム」宣言は活《い》きているはず。

「だから考えたの。トランプの中に、〈2〉より小さい数字が書かれてるカードなんてあったかなって。あった。たった一種類だけ」

アンナは、裏になっていた二枚を一枚ずつ表にする。

一枚目は、クローバーのK。

数字が書かれておらず、パスワードには使えない空札だ。

そして二枚目は――

ハートの10、だった。

「〈10〉の札。書かれてる数字は〈1〉と〈0〉。開示済みの二枚が〈2〉と〈8〉。すべての数を小さいほうから順に並べて、パスワードは〈0128〉。……私の勝ち」

アンナは静かに勝利を宣言する。

烏丸も大きなリアクションは取らず、ただひょいと肩をすくめただけだった。アンナが解除したスマホを手に取って、電話をかける。

「もしもし、志葉くん？　解放してやれ」

短く指示して通話を切り、スマホをジャケットの内ポケットにしまう。

立ち上がりながら、背もたれにかけていたコートを取り、テーブルの上に放った。

「風邪ひくなよ」

捨て台詞とも賞賛とも取れる一言のあと、彼は席を離れた。

＊

車から降ろされた風真は、数十分ぶりに大きく口で息を吸った。地下駐車場の埃《ほこり》っぽい空気はお世辞にも清涼とはいえなかったが、解放された風真にとっては南アルプスの山頂のごとき美味《うま》さだった。

レクサスの車体には志葉が寄りかかっている。

「勝つとは思わなかったよ。すごい子だねー」

「勝つと思ってたよ。この俺の助手だからな」

風真は伊達眼鏡を投げ捨て、颯爽《さっそう》と駆けだした。

……いや、方向を間違えたらしい。角を曲がってから戻ってきて、恥ずかしそうに志葉の前を通り、今度こそ地上へ向かう。

その姿を見送ってから、志葉は電話を一本かけた。

＊

烏丸が待っていたエレベーターが地下に着くと、ちょうどあの、自称探偵の男が降りてきた。

すれ違いざま、二人は無言で視線を交わした。探偵は眼鏡を外し、セットした髪も崩れている。その姿を改めて見ると、どこかで会ったことがある気がした。

しかし彼の所有権は、すでに手元を離れている。烏丸は詮索《せんさく》をあきらめ、探偵と入れ替わりでエレベーターに乗り込んだ。

ドアが閉まる。一階ボタンを押す。負けはしたが、プラマイゼロになっただけでこちらに損失は出なかった。なかなか面白い夜だったな——ある種の満足感に浸りながら、烏丸はなにげなくスマホを開く。

奇妙なことに気づいた。

充電バーが、駐車場で見たときから増えていない。

チン——。眉をひそめると同時に、エレベーターが地上に着いた。ドアが開く。スマホに目を落としたまま廊下へ踏み出す。

進めたのは一歩だけだった。

行く手を阻《はば》んだのは、紺の制服に包まれたいくつもの足と、いくつもの革靴。

烏丸は顔を上げ——

「え?」

11

風真がラウンジに現れると、アンナはほっと息をついた。

服も髪も乱れているが、無事なようだ。大げさに喜ぶか、手柄を勝ち誇るか。迷ってから、アンナはひょいと片手を上げるだけにした。待ち合わせしていた友達がやってきたときのように。

「おかえりなさい」

「無茶しすぎだ、ばか」

「えー何それせっかく助けてあげたのに」

ふてくされてから、勝負前の緋邑との会話を思い出し、「ごめんなさい」とつけ加え

る。風真は笑い返してから、急に青ざめ、

「今夜のこと、社長には内緒な。俺、歯並びを悪くされるかもしれないから。首尾よくスマホを盗んで帰ってきたってことにしよう」

「風真さん、やっぱ詐欺師に向いてますよ」

「おまえそんな、そん、人をそんなアレみたいに」

「とりま今夜はずらかろうか」烏丸のコートを探りながら、緋邑が言う。「『バズリズム』毎週見ててさ、いまならまだ間に合……ん？」

吹き抜けの上階が、にわかに騒がしくなる。

間を置かず——幅広の階段を、十数人の男たちが、なだれ込むように下りてきた。

警察官だ。

先頭には私服の男がいて、バッジと令状らしきものを掲げていた。

「はい——賭博《とばく》開張図利罪及び賭博罪！　おとなしくしてくださいねー」

誰かが「ガサ入れだ！」と叫ぶ。

それで目が覚めたかのように、全員がちりぢりに逃げだした。

絢爛《けんらん》さが一転し、ホール内をパニックが包んだ。ディーラーたちは客を押しのけ、男たちはチップをかすめ取り、女たちはドレスの裾を踏んで転ぶ。警官と取っ組み合ったまま噴水に落ちる者がおり、無駄なあがきと知りながらテーブルの下に隠れようとする者もいる。

ラウンジはホールの一番奥にあり、混乱が届くまでわずかな間があった。

「おいおい今日はもうそういうのいいって」と、風真。

「緋邑さんの仕込み?」と、アンナ。

「いや、本物だ。逃げよう」

緋邑は烏丸のコートを床に放り、素早く左右を見た。

何ごとか確かめようとしたのだろう、すぐそばにあった電子錠つきのドアが開き、支配人らしき男が駆け出てくる。閉じきるより早くドアをつかみ、三人はそこに逃げ込んだ。

細い廊下が左右に伸びている。意思疎通をはかる暇はなかった。緋邑と風真は左を選び、アンナは右を選んだ。

ドアの向こうからはまだ、悲鳴と怒声が聞こえ続けていた。

*

数分後。

通用口からどうにか脱出に成功した風真と緋邑は、ビルとビルの隙間を縫うように移動していた。待ち伏せされているのではとひやひやしたが、まだそこまで手は回っていないようだ。

「ハァ、ハァ……緋邑さん、ガサ入れって、よくあるもんなんですか」

「あるにはあるが、〈アビス〉に来るとはちょっと驚いたね。会員制で何年もうまく回してたはずだ。大方、密告者が出たんだろう」

「すげぇツイてない日にあたっちゃったな……」

嘆きつつ、通りに出る。夢と現の現側、岡野町の裏路地だった。風真は電柱に背を当てて一息つく。

「あれ、アンナは?」

「はぐれた。まああの子なら大丈夫だろ」緋邑も息が上がっている。「あんたも、無事で何よりだったね」

「いやあ、もうギリギリのギリで……あの、それで緋邑さん。例のものは」

風真が控えめに尋ねると、緋邑は待ちかねていたように微笑んだ。

それはスポットライトを独占するマジシャンの笑みではなく、舞台袖で公演を見守るプロデューサーの笑みだった。

「あの子の言うとおりだったね」

緋邑はポケットに手を入れ、

「あんた、詐欺師に向いてるよ」

烏丸のモバイルバッテリーと同じ形をした、小さな装置を取り出した。

＊

「知り合いに道具屋がいるっつってたね？」

火曜の夜、〈アビス〉の向かいのカフェで。

緋邑は風真にフォークを向け、とある指示を出した。

「スマホのコピー装置を用意してくれ。できればこれと同じ見た目のやつ」

何やら検索し、携帯の画面を風真に見せる。

表示されていたのは市販の黒いモバイルバッテリー。先ほど烏丸が使っていたのと同じ種類のものだ。

「同じ見た目のやつ……ってなんで」

「まあ念のためさね。本命がミスったとき用の、プランBってやつだ」

水曜日、ネメシス事務所。

「スマホにつなげれば自動でコピー開始、十分でデータ完コピできるから」

星憲章の説明を受けながら、風真は受け取った小箱を開封する。

箱から出てきたのは、モバイルバッテリー型のコピー装置。注文どおり、色もサイズも烏丸のものと瓜二《うりふた》つだった。


数十分前、〈アビス〉メインホール。

背後から、志葉が猛スピードで追ってくる。椅子をひっくり返し、人にぶつかり、ぶちまけられたチップを蹴散らしながら、風真は必死に考えていた。

自分の弱さは自分が一番わかっている。このままだとじきに捕まるだろう。

捕まったらどうなる？　まず間違いなく身体検査をされる。充電器型のコピー装置が見つかれば「データだけ盗む」という計画の肝までバレてしまう。いまのうちに、コピー装置を手放さないと――

そこまで思考したところで、風真はあることに気づいた。

烏丸のコート。

奴はコートを脱ぎ、バーの椅子に無造作に置いていた。いまもそのままのはずだ。コートのポケットにはおそらくモバイルバッテリーが入っている。火曜の夜そこに充電器をしまっているのを見たし、さっきも「充電器が手放せない」と言っていた。

すり替えがバレたことで、烏丸たちの意識はスマートフォン本体に集中している。

なら逆に、充電器は無防備なんじゃないか？

いま、充電器をすり替えられれば――

結論に達するより先に体が動いた。風真はルーレット卓の前でわざと転び、テーブルの脚の陰にコピー装置を隠した。

起き上がりながら、イヤホンでアンナに指示を出す。

「コート、充電器。頼む！」

直後、志葉に服をつかまれ、風真にできることは何もなくなった。

けれど信じていた。

あれだけの言葉でも、アンナなら汲《く》み取《と》ってくれるはずだ。

指示の直後、探偵助手は動きだしていた。風真がコピー装置を隠す様子もしっかりと見ていた。

「だから言ったろ？　あんたは勝負に向いてないって」

気絶した男を見下ろして、烏丸が嘲笑を投げていたとき。アンナはルーレット卓の足元からコピー装置を回収し、再びバーカウンターへ向かっていた。

予想どおり、烏丸のコートは椅子に置きっぱなしだった。右ポケットを探るとモバイルバッテリーの感触があった。それを盗み、同じ見た目のコピー装置を入れておく。

一瞬、バーテンと目が合う。

「……ポップコーンソーダ、おいしかったです。ごちそうさま」

「おそれいります」

バーテンは丁寧に返し、またグラスを拭《ふ》き始めた。


その後。

レクサスの車内で、運転席にコートが置かれているのを見た風真は、計画がうまくいくことをひたすら祈り続けた。

女神は風真たちに微笑んだ。アンナの突飛な提案で、再び〈アビス〉へ向かうことになった烏丸は、コートを羽織り、車を降りた。

「あー、また充電が少なくなってる。だめだね、この機種は」

そしてポケットから黒いコードを出し、自身のスマホにつなげた。

烏丸がモバイルバッテリーだと思い込んでいたそれは、実際にはコピー装置のコードだった。

星くんお手製のその装置は、つなげた瞬間から複製が始まる。

烏丸は、自分で自分のスマホをコピー装置につなげたのだ。


ラウンジで烏丸とアンナたちが対峙《たいじ》したとき。

アンナと緋邑が見つめていたのは、烏丸自身ではなく。彼が着ているコートの、片側のポケットの膨らみだった。賭けはすでに始まっていた。彼のスマートフォンがコピー装置の端子に、つながっているか、いないか。

「私が勝ったらコートももらえる？」

「はは、いいよ。勝ったらね」

アンナは賭けに勝った。

烏丸がパスワード設定のためにスマホを取り出したとき、スマホは黒いコードにつながっていた。〈パスワード当て〉に集中していた烏丸はぞんざいに端子を外し、装置をコート内に収めたまま勝負を始めた。

そして決着後、烏丸はコートを残して立ち去った。

そのとき彼は、わざわざポケット内のモバイルバッテリーを回収しようだなんて考えなかった。普通の人間なら気にしたかもしれないが、彼は気にしなかった。

どこでも買える安ものだと、思い込んでいたからだ。

＊

「えっと、これで見れるかな……？　お、できたできた」

装置を空のスマートフォン（解放された際、イヤホンと一緒に返されたQphone－9だ）につなぐと、すぐにデータ移行が始まった。星くんには今度、何か高いものが入った駅弁を贈らねば。蟹とか。

本当に全部コピーされてるんだろうかと思い、風真は確認作業に入った。メールの受信フォルダを開き、適当な件名をタップしてみる。「どれどれ」と、緋邑も横から覗いてくる。

きな臭い内容のメールであることはすぐにわかった。ざっと読みつつ、画面を下にスクロールしてゆく。〈お世話になっております。次の調査依頼です。この女性の――〉

「え？」

風真の指が、止まった。

安堵に緩んでいた顔が固まり、再び動悸《どうき》が激しくなる。今日一番の凍《こお》りつくような悪寒が、タキシードの内側から這《は》い上《あ》がる。

メールの最後には、一枚の画像が添付されていた。

街中で隠し撮りしたと思わしき、少女の横顔を写した画像。

風真はその少女の名前を知っていた。

美神アンナだ。

*

金髪のウィッグを投げ捨てる。

仲間とはぐれたアンナは、単身でカジノのバックヤードを走っていた。

倉庫めいた薄暗い空間で、表側とは雲泥の差があった。迷路のように並んだスチール棚の間を、シートがかけられた機材、角が劣化した段ボール、石灰や肥料の袋など、雑多な備品が埋めている。

さっき階段を上ったので地上には出ているはずだけれど、まだ出口がわからない。なかば迷子状態でうろうろしていると、

『アンナ！　おい、いまどこだ！』

耳元のイヤホンから風真の声がした。

「うるさっ」とアンナは顔をしかめる。「んー、なんか倉庫っぽいとこです。もうすぐ外に……」

『すぐ逃げろ！』

「逃げてるとこですけど」

『そうじゃない！　おまえ、狙われてるんだ！』

「……？」

角を曲がったとき、非常扉の緑のランプが見えた。出口だ。

最後の十メートルを駆け抜けようと、アンナは足を速める。ドレスを脱いだとき靴もスニーカーに履き替えている。足音がリノリウムの床に響く。

そこに――

コツコツと、自分以外の音が混じった。

棚の陰から男が現れ、アンナの行く手をふさぐように、非常扉の前に立つ。

くすんだ色の地味なスーツ。指二本分緩めたネクタイと、デート帰りめいた微笑。気楽な雰囲気でありながら、そうでありすぎるがゆえに、形容しがたい威圧感を放っている男。

志葉だ。

数歩距離を隔《へだ》てて、アンナは立ち止まる。

志葉は首の骨を鳴らし、アンナは上がっていた息を整えた。状況を完全に理解したわけではないが、これから起きることは理解した。

『おい、アンナ？　大丈夫か？』

「……大丈夫、風真さん」

アンナはイヤホンを耳から外し――眼前の敵をにらみつけた。

「すぐ行くから」

12

「やー、びっくりしたよ。ギャンブラーの女の子が、依頼されてた調査対象だなんてさ」

世間話のように志葉は話し始める。

「写真は覚えてたはずなんだけどなー、ウィッグと服だけでけっこう印象変わるよね。俺もついさっきまで気づかなかった。まあ烏丸さんはずっと気づかなかったみたいだけど。あの人には……〝見る目〟がないね」

主の口癖《くちぐせ》を皮肉るように、笑う。

「あなた、烏丸の護衛でしょ。雇い主をほっといていいの」

「護衛っつっても俺はあの人にあてがわれただけでさ、派遣社員ってやつだよ。本当の上司は、もっと上」

志葉は指を一本立てる。自分たちのはるか頭上を示すような仕草《しぐさ》だった。

「……もしかして、警察呼んだのもあなた？」

「君を孤立させないとなーと思って。うまくいってよかったよ。相棒の探偵さんを人質にしようとも思ったんだけどさあ、烏丸さん負けちゃうから」

「孤立……？　なんで私を狙うの」

「まあ君っていうか」志葉は立てた指の向きを変え、「狙いはそれ」

アンナの胸元を指した。

そこで揺れているのは、いつもつけているキューブ型のペンダントだ。

困惑は長くは続かなかった。志葉がゆっくりと近づいてくる。

アンナは片足を前に出し、腰を深く大きく落とした。足の指先に力をこめ、両腕を胸の前で交差させる。自然と体が選んだその構えは、カラリパヤットの身体操作術《メイターリ》——動物を象《かたど》った八種の型のひとつに似ていた。

〈獅子の型《シムハ・バディブ》〉。

構えの利点が二つあった。組んだ両腕はガードになると同時に、カラリパヤットにおける打撃の基礎、肘打ちを最速で繰り出すことができる。そして腰を深く落としたこの体勢ならば、敵にある行動を取らせられる。

口ぶりから察するに、志葉はアンナを舐《な》めきっている。捕らえるために蹴ったり殴りかかったりはせず、おそらく肩などをつかんでくるだろうと考えていた。

志葉は背が高くアンナは背が低い。腰を落とした状態のアンナを手でつかもうとしたとき、敵はどういう動きを取るか。

予測どおり——志葉は前屈みになり、こちらに右腕を伸ばしてきた。

両足のばねを解放する。

身をひねりながら間合いに飛び込み、伸ばされた腕を右肘でいなす。同時に、回転の力を乗せたまま左肘を上方へ突き出す。

敵が前傾したことで身長差は打ち消されている。そしてどんな体格でも、人間の急所は変わらない。

志葉の喉に渾身の肘打ちが——

ヒットする寸前。

その隙間に、志葉の左手が滑り込み。

アンナの腰が、膝で押し込むようにぐっと蹴られた。

バランスを崩したアンナは床に手をつき、そのまま滑るように距離を取った。慌てて体勢を立て直す。

敵は余裕を崩していない。

「カラリパヤット？　おー、生で見んの初めて」

直後、志葉が距離を詰めた。

構えを取るより早く、蹴りが襲ってくる。中段の足刀。靴先が髪を薙《な》いだ。アンナは敵の腋下《わき》に潜り込むように避ける。腕ひしぎ手固めに似た要領で、志葉の腕を取ろうとする。

腕はもうそこになかった。

志葉は回し蹴りに転じていて、今度は肩をかすめられた。

「……っ」

それだけで、また床に転ばされる。素早く起き上がり、敵を視界に入れる。

志葉はその場に立ったままだ。だが舐めきった態度は薄まっていた。アンナを捕獲対象から対戦者へと切り替えたような、ぞっとする目つき。

アンナはスチール棚の間に逃げ込んだ。

一拍遅れて、追ってくる足音が聞こえる。急《せ》いた様子はなく、歩調も遅い。それでも逃げられる予感はしなかった。

棚の迷路の中、声を張る。

「このペンダントがなんなの?」

「ただの派遣にそんなこと聞くなよ」

「あなたの上司って誰?」

「気にしてる場合じゃないだろ?」

ガン、と音が聞こえ、轟音《ごうおん》とともに埃が舞った。

志葉がスチール棚のひとつを蹴り倒したのだ。音はアンナが逃げてきた方向から聞こえた。退路を断たれたのだと悟る。残る出口は非常口だけ、しかし当然、志葉はそこを張るつもりだろう。

整えたはずの息が上がってゆく。体格差と、実力差。こちらの技は見透かされていて、意表を突くこともできない。どうしよう？　どうすれば――

ふと、壁際の備品が目に留まった。

「あきらめてくんないかなー、別に怪我《けが》させないからさ」

志葉の声が聞こえる。

アンナは音を立てぬよう気をつけながら、素早く準備を整える。

「警官来るの待ってんなら無駄だよ？　俺は連中も倒せるから……お？」

アンナが姿を現すと、ボディガードの言葉が止まった。

カラリパヤット使いの少女は、両手に二つの道具を持っていた。

右手には、屋外用のチリトリ。

広口のごみ受け部分に三本の長い持ち手がついた、いわゆる鉄道チリトリだ。その持ち手の先を握り、腋を締め、体の側面にぴたりとつけている。

左手には、竹箒《たけぼうき》。

柄の中間を持ち、矢をつがえるように腕を引き、ささくれだった穂先をまっすぐ敵へ向けている。

アンナは息を細く吐きながら、再び腰を深く落とし――歴戦の戦士のように構えた。

千年以上の歴史を持ち、空手やムエタイなど数多《あまた》の武術のルーツといわれるカラリパヤツトだが、その本質は格闘技ではない。

本来のカラリパヤットは、武器対武器を想定した戦闘術。

戦場の中で編み出され、実戦の中で磨かれた――

剣術、である。


志葉はまだ微笑んでいる。

美神アンナという少女とのスリリングなひとときを、珍しい武術を使う奇妙な娘との勝負を、心から楽しんでいる。……が、わずかに警戒も始めていた。

竹箒。

〝剣〟の代用品としてはかなりやっかいだ。間合いが長く、頑丈で適度なしなりがあり、何より顔面を狙って突き出すだけで、ほぼ確実に敵の目を傷つけられる。力も体格も不利な状況下、加えて薄暗いこの場において、目潰《めつぶ》しは弱者が取りうる最良の戦略といえる。

躊躇なくそれを選んだアンナに驚嘆する思いもあった。

だが、わかっていれば対応できる。

ばかな子だ。かっこつけて構えたりせず、不意打ちで襲うべきだったのだ。多少勝ち目もあっただろうに。

内心の嘲笑など知る由もなく、美神アンナは構えを崩さない。志葉は自然体で歩きだす。一歩ずつ、対峙の距離が縮まってゆく。

四歩——三歩——二歩。

ぶおんっ。

空気がうなった。

アンナは体全体をひねるようにして右腕を振り抜いていた。志葉の左横から、チリトリが顔面を狙ってくる。

志葉は慌てない。

相手は非力だ、チリトリで叩かれたところでたいしたダメージはない。ボクシングでいえばただのジャブ、本命の竹箒を確実に当てるための布石だ。

アンナは竹箒を腹の高さに構えている。志葉が屈《かが》むのを待ち、直突を狙っているかのような位置。

屈んで避ければ動作の直後に竹箒を食らうと判断、志葉はガードを選択し左腕を上げる。

チリトリを腕で受ける。

予想どおり、蚊が止まったような威力だった。すぐにカウンターを狙い、踏み込む。竹箒を警戒しつつ右拳《みぎこぶし》を——

瞬間、志葉は違和感に気づいた。

チリトリは右手。箒は左手。

剣と盾に見立てているとしたら、持ち手が逆だ。

左利き？　いや、バーでグラスを持っていた手は右だった。とすると、

——まずい。

箒が、おとりだ。

「……ッ⁉」

志葉の視界が、真っ白に染まった。

アンナの姿が霞《かすみ》の中に消え去る。さらに鼻と口がふさがり、息ができなくなる。

混乱の最中、志葉は先ほど見たある光景を思い出した。

石灰の粉の袋。

段ボールや機材に紛《まぎ》れ、備品の中に置かれていた。

あの粉を、最初からチリトリのごみ受け部分に隠していたとしたら。

粉は、振り抜かれる間はごみ受けの中に留まっている。だがガードなどによってチリトリの動きが止められた瞬間、慣性の力でごみ受けを飛び出し、真横の死角から敵を襲う。

力も体格も不利な勝負。

美神アンナは確かに目潰しを狙っていた。

だがそれは、志葉の考えていた竹箒を使ったものではなかった。

距離を取ろうとした志葉の首を、正体不明の何かが捉える。金属の冷たさ。チリトリの持ち手部分だ。頭の上からかぶせ、持ち手の隙間に首をひっかけたのか。

「おいおい――」

ぐいっ、と捉えられた首が引き戻され、同時に腹に蹴りが入る。

高身長のボディガードが、百六十センチに満たない少女によって、いとも簡単に転ばされる。志葉の目はまだふさがっており、受け身を取ることはできなかった。

志葉の対応よりも早く、アンナは追撃に移っている。霞んだ視界の向こうから、銃弾めいた影が接近する。

竹箒の穂先部分、ではない。

逆側、柄の先端。

腕を突き出すのではなく、体ごと倒れ込むような一撃だった。立って対峙した状態では無理でも、敵が床に寝た状態ならばそれが可能になる。全体重を乗せた会心の突きが。

箒の柄は、志葉の喉を狙っている。

「――マジかよ」

白煙の中で垣間見《かいまみ》えたアンナの顔は、天罰を下す女神のように無慈悲で。対する志葉は、頬をひきつらせながら笑っていた。

気絶する直前に彼が考えていたことは、派遣元の上司になんと報告しよう、ということだった。

ぼろ負けしましたと伝えたら、きっと喜ばれるだろう。

13

「兵《つわもの》どもがなんとやらってか」

インスタントコーヒーをすすりながら、栗田がつぶやいた。

朝の事務所の外からは、流動を始めたトラックやタクシーの走行音が聞こえてくる。テレビから流れているのは〈横浜の違法カジノ摘発〉のニュースだった。百人以上の逮捕者が出たとのことだが、その中に烏丸と志葉が含まれているかどうかはわからなかった。

リポーターが、〈アビス〉のメインホールから中継している。照明が落ち、喧騒が消え、ひとけがなくなった賭博場は、安っぽいテーマパークの廃虚のように風真には思えた。手首に残っている結束バンドの跡がなければ、昨日の騒動は夢だと言われても信じたかもしれない。

「いろいろ大変だったみたいだな」

栗田に話しかけられ、風真は肩をすくめる。

「大変だったなんてもんじゃないすよもう」

「まーいいじゃないですか、目的果たしたんだし」助手の少女は今日も呑気《のんき》だ。「緋邑さんの謝礼も半額で済みましたしね」

「半額でも高かったけどな」

プランAでトチっちまったからね、まけてやる。またなんかあったら呼びな——あんたら気に入ったから、今度は麻雀もコーヒー当てもなしでいいよ。

そう軽快に笑いながら、緋邑晶は去っていった。いまごろはあの雀荘のソファーに寝そべって、『ガラスの仮面』の次の巻を読んでいるのかもしれない。

「ていうか風真さん、もっと私に感謝してくださいよ、命救ったんだから。ほら肩揉んで肩」

「やだよ……」

肩に触ったら首をへし折られるということを数日前に学んでいる。

「だいたい、アンナがパスワード当てたってのも信じられないんだよな。運がよかっただけじゃないの？　本当に当てたの？」

「本当だってば」

「じゃ、俺のパソコンのパスワードはわかる？」

「kazamaholmes《カザマホームズ》221Bとか？」

「なんでわかるの⁉」

「ほんとにそうなの⁉」

「命救ったってなんの話だ？」

「ああーいやいやガサ入れのとき助けてもらった的な、的な」

栗田からの追及を慌ててごまかす風真。

社長はいぶかしげに眉を寄せたが、深くは気にしていないようだった。リモコンを手に取り、テレビを消す。

そして、帽子の角度を直した。

「そういえば、給湯室のお茶っ葉が切れてたな。アンナ、買ってきてくれないか」

「え。種類は？」

「なんでもいいから。ほら財布」

「……はーい」

投げられた小銭入れを受け取り、アンナは事務所を出ていく。

ドアが閉じたのを確認してから、栗田は風真に向き直った。わざと出ていかせたことは風真も察していた。

ここから先の捜査に、彼女を巻き込むわけにはいかない。

いや──本当なら、カジノにだって連れていくべきじゃなかったのだ。

いま自分たちが追っているのは、アンナ自身に関わる謎だから。

栗田がコーヒーを飲みほすのを待ち、風真から切り出す。

「で。烏丸の携帯、どうでした?」

「ああ、メールをざっと見てみた」

栗田はデータを移したスマートフォンを、テーブルの上に出した。

「来週の週刊誌の厚さが二倍になるくらいの、スキャンダルの宝庫だな。凪沙さんに依頼された医療ミス隠蔽の件も詰められそうだ。だが……一番気になったのはこれだ」

表示されたそれは、昨夜風真が開いた調査依頼──アンナの写真が添付されたメールだ。

「依頼主は烏丸のお得意さまみたいだ。ここ数ヵ月、同じ相手から何度か依頼が送られてる。しかもそのうち一度は、うちに探りを入れろって内容だった」

「うちって？」

「だから、うちだよ」

栗田は事務所の床を指さした。

衝撃の事実、というほどではない。そういえば、と風真はあごを撫でる。

「昨日エレベーターで烏丸とすれ違ったとき、ちょっと思ったんですけど。何ヵ月か前、うちに浮気調査を頼みにきた男、いたでしょ。あいつと烏丸が似ていたような……」

『磯子《いそご》のドンファン』殺人事件の依頼が舞い込んだ、あの日だ。

依頼人の上原黄以子《うえはらきいこ》がやってくる前、うだつのあがらない男が現れて、うち向きじゃないからと栗田に追い返されていた。アンナは「独身者で嘘をついている」と推理していたが――

「謎の男だなんだ言いながら、おれたちはすでに邂逅《かいこう》してたわけだ。探偵事務所が聞いてあきれるな、まだまだ見る目ってやつが足りない」

苦笑する栗田。とはいえ烏丸も風真たちの変装に気づかなかったので、お互いさまというべきか。

「なんでうちに探りを？　依頼主はどこの誰です？」

栗田は無言で送信者のアドレス欄を指し、風真はそれを覗き込んだ。

〈yamato@k-labo.com〉

「ケーラボ……まさか萱研⁉」

「ああ。そして名前はヤマト」

「ヤマトって、まさか……」

「そうだな……やっと核心が見えてきた」

眉に力をこめた風真に、栗田がうなずきかける。マーロウはいつもの定位置で寝そべりながら、耳の裏をかいている。

背後のドアが薄く開いていることには、誰も気づいていなかった。

＊

栗田が帽子をかぶり直すときは、真剣な話が始まる合図だ。

だから直後に買いものを言いつけられたとき、何かあるなと思った。アンナは出かけるふりをしてドアの向こうに留まり、二人の会話をこっそり聞いていた。

カンケン。それが風真たちがずっと追っていた対象なのか。

ラボということはケンにはおそらく「研」の字があたる。研究室？　研究所？　聞いたことがない組織名だし、ヤマトという名前にも心当たりはない。だが、風真と栗田の中では何かの辻褄《つじつま》が合ったようだった。二人は真剣な顔で、意味ありげに視線を交わしている。

「…………」

数日前と同じ小さな疎外感を覚えつつ、アンナはそっと拳を握った。

社長と風真さんが、何を隠しているかはわからないけれど。

それでも、奇妙な直感があった。

この謎を追いかけた先に、一番知りたい疑問の答えが待っているような。点と線をつなげた果てに、自分のルーツが明かされるような。

紡がれる事件の断片は、探偵たちをどこへ導くのか。

答えは、女神だけが知っている。

本書は、連続テレビドラマ『ネメシス』（脚本　片岡翔　入江悠）第七話の脚本協力として、著者が書き下ろした小説「カジノ・イリーガル」（青崎有吾）と、そのキャラクターをもとにしたスピンオフ小説「ショーマストゴーオン！」（松澤くれは）です。

〈著者紹介〉
青崎有吾（あおさき・ゆうご）
1991年神奈川県生まれ。明治大学文学部卒業。2012年、『体育館の殺人』で第22回鮎川哲也賞を受賞しデビュー。
松澤くれは（まつざわ・くれは）
1986年富山県生まれ。早稲田大学第一文学部演劇映像専修卒業。舞台脚本家・演出家として活躍しながら小説を執筆。

ネメシスVI

2021年6月15日　第1刷発行　　定価はカバーに表示してあります

著者……………………青崎有吾《あおさきゆうご》／松澤《まつざわ》くれは

発行者……………………鈴木章一
発行所……………………株式会社 講談社
〒112-8001 東京都文京区音羽2-12-21
編集03-5395-3510
販売03-5395-5817
業務03-5395-3615

KODANSHA

本文データ制作……………講談社デジタル製作
印刷……………………凸版印刷株式会社
製本……………………株式会社国宝社
カバー印刷………………株式会社新藤慶昌堂
装丁フォーマット…………ムシカゴグラフィクス
本文フォーマット…………next door design

ISBN978-4-06-523820-2　N.D.C.913　294p　15cm

講談社
タイガ

ネメシスシリーズ

今村昌弘

ネメシスⅠ

横浜に事務所を構える探偵事務所ネメシスのメンバーは、お人好し探偵の風真《かざま》、自由奔放な助手アンナ、そしてダンディな社長の栗田《くりた》の三人。そんなネメシスに大富豪の邸宅に届いた脅迫状の調査依頼が舞い込む。現地を訪れた風真とアンナが目にしたのは、謎の暗号と密室殺人、そして無駄に長いダイイングメッセージ!? 連続ドラマ化で話題の大型本格ミステリシリーズ、ここに開幕!

講談社
タイガ

ネメシスシリーズ

藤石波矢

ネメシスII

探偵事務所ネメシスを訪れた少女の依頼は、行方不明の兄の樹《いつき》を探すこと。探偵風真《かざま》と助手のアンナは、道具屋の星《ほし》の力を借り、振り込め詐欺に手を染めた彼を捜索する。しかし、ようやく見つけた樹は、血濡れたナイフと死体を前に立ち尽くしていた。ネメシスは二転三転する真相を見抜き、彼を救うことができるのか!?「道具屋・星憲章《けんしょう》の予定外の一日」も収録したシリーズ第二弾！

講談社タイガ

ネメシスシリーズ

藤石波矢

ネメシスV

探偵事務所ネメシスを訪ねてきた、暴露系動画配信者たじみん。彼はフェイク動画により麻薬使用の疑いをかけられており、同じ動画に映っていた女優の光莉《ひかり》は失踪中。事件の鍵は二年前のニュース番組の虚偽報道にあった。嘘と欺瞞に満ちた世界で風真《かざま》とアンナが見つけた真相とは？　過去と現在が交錯し物語が大きく動き出すシリーズ第五弾！　小説オリジナル「正義の餞《はなむけ》」も収録。

講談社
タイガ

アンデッドガールシリーズ

青崎有吾

アンデッドガール・マーダーファルス　1

イラスト
大暮維人

吸血鬼に人造人間、怪盗・人狼・切り裂き魔、そして名探偵。異形が蠢《うごめ》く十九世紀末のヨーロッパで、人類親和派の吸血鬼が、銀の杭《くい》に貫かれ惨殺された……⁉　解決のために呼ばれたのは、人が忌避する〝怪物事件〟専門の探偵・輪堂《りんどう》鴉夜《あや》と、奇妙な鳥籠を持つ男・真打《しんうち》津軽《つがる》。彼らは残された手がかりや怪物故《ゆえ》の特性から、推理を導き出す。謎に満ちた悪夢のような笑劇《ファルス》……ここに開幕！

講談社タイガ

脅迫屋シリーズ

藤石波矢

今からあなたを脅迫します

イラスト

スカイエマ

「今から君を脅迫する」。きっかけは一本の動画。「脅迫屋」と名乗るふざけた覆面男は、元カレを人質に取った、命が惜しければ身代金を払えという。ちょっと待って、私、恋人なんていたことないんですけど……!?　誘拐事件から繋がる振り込め詐欺騒動に巻き込まれた私は、気づけばテロ事件の渦中へと追い込まれ――。人違いからはじまる、陽気で愉快な脅迫だらけの日々の幕が開く。

講談社
タイガ

藤石波矢&辻堂ゆめ

昨夜《さくや》は殺《や》れたかも

イラスト
けーしん

平凡なサラリーマン・藤堂光弘《ふじとうみつひろ》。夫を愛する専業主婦・藤堂咲奈《さきな》。二人は誰もが羨《うらや》む幸せな夫婦……のはずだった。あの日までは。光弘は気づいてしまった。妻の不貞に。咲奈は気づいてしまった。夫の裏の顔に。彼らは表面上は仲のいい夫婦の仮面を被ったまま、互いの殺害計画を練りはじめる。気鋭の著者二人が夫と妻の視点を競作する、愛と笑いとトリックに満ちた〝殺し愛〟の幕が開く！